Fernando Iwasaki

Inquisiciones Peruanas

ペルーの異端審問

フェルナンド・イワサキ

序文❖マリオ・バルガス・リョサ

八重樫克彦・八重樫由貴子❖訳

新評論

Fernando IWASAKI
INQUISICIONES PERVANAS
Preface by Mario VARGAS LLOSA

巻頭言

大らかで根源的な笑い

筒井康隆

ペルーの、主にリマという享楽的な街の歴史を中心に展開し語られる本書は、宗教者にとって間違いなく冒瀆的な悪書である。ほのかにストーリイ展開も見え隠れするが、しかしこれは幻想文学ではなく、あくまで表面は歴史書なのだ。その装いの中で作者はこれを文学として読む読者に大らかな笑いを提供してくれる。リマの聖職者たちへの遠慮もあってか、その笑いはあくまで歴史的事実としてのみ描かれているのだが、逆に言えばこれらが長年かかって作者の調べあげた事実であることにも驚かされる。

　厳しい宗教上の掟による抑圧で、宗教者であったりそれを騙ったりする多くの人間たちが淫欲に溺れてゆく。禁欲の中で肉欲が燃えあがり、あまりの欲望ゆえに時には早漏気味の盛大な射精に至る聖職者たち。それらはまさに禁忌であるが故にこそ、あまりにも快美なのだ。異端審問官とて、夢魔や悪魔や聖職者たちと寝たという女を尋問する際の、全裸の彼女たちの陰部をいじりまわしたりもした上での、その供述を大いに楽しんでいる。一方女たちは、王室の役人や執行官や商人よりも、告解という宗教的行為をきっかけにして騎士や闘牛士も敵わないほどイエズス会やドミニコ会の修道士に血道をあげる。「空飛ぶイネス」のような女性の狂信者がしばしばイエス・キリストとの情事などを競って語るのも、夢での飛翔と同じく性的昂揚を示す空中浮揚も、信仰がしばしば性的情熱に結びつくことを示している。だから時おり聖女たちの前に出現するイエス・キリストや悪魔たちはまるで子供っぽく、可愛らしく見えてしまうのだ。そして「高徳の誉れ」の章では、死後も勃起し続けるペニスによって、もはや神の仕業と悪魔の仕業の区別さえつかなくなってしまう。「不道徳な夢想家——にせ王子の妄想」は、わが二つの短篇「郵性省」「科学探偵帆村」に酷似した話で驚かされる。この種の笑いはどうやら万国共通のようだ。

異端者と看做されなかった者を単なる愚者とするなど、審問官たちの自己満足にはしばしば笑わされるのだが、それにしても人間とはなんと哀れで滑稽なものであろう。読み終えてつくづく悟るのはその愚かさだ。この愚かさによる笑いは、実に大らかで根源的であり、それこそが文学としての本書の価値であろう。特に各章の結びの一、二行、たいていは笑いに結びつくその一、二行の切れ味は秀逸という他ない。

フェルナンド・イワサキ……………………………ペルーの異端審問

ペルーの異端審問❖目次

目次

【目次背景画像】
リマ旧市街，ペルーの二大聖者である聖ロサとマルティン修道士を祀る
サントドミンゴ教会・修道院の回廊（1900 年）

ペルーの異端審問

純真な者および愚か者の心を堕落へと導く、
悪魔のささやき、まやかし、種々の駆け引き、
取引に関する簡潔な報告書

修士フェルナンド・イワサキ・カウティ

高貴なる都リマの名門マリスト会学校、
教皇庁立ペルー・カトリカ大学、
同大学院修士課程卒業（専攻は歴史学および芸術学）。
スペイン・セビリア大学大学院で博士課程を修了し、
現在同国教育省に博士号を申請中（一九九四年初版時）。

奥義としてマルレに捧げる。

アリストテレスがいうように、真実は
現実に起きているものごとに示される。
実際、世の人々はふたつの目的で働く。
生活の糧と、好みの女と交わるためだ。

――イータの首席司祭　フアン・ルイス

サンタ・リブラーダ
サンタ・リブラーダ
入ったときと同じく
出るときも心地よく
ありますように。

――分娩の守護聖女　サンタ・リブラーダを歌った
スペイン民謡の一節

そろそろくつろぐか、
と神父様が床につく。
アーメン、と応じて、
香部屋係も床につく。

――ペルー民謡

リマ男よ、聴いてくれ。
記憶が呼び覚ます夢、
過ぎ去りし日の栄光を。
古《いにしえ》の橋、川と並木路……

――チャブーカ・グランダ

序文

ペルーが誇る民俗学者リカルド・パルマがそうであったように、フェルナンド・イワサキ・カウティも芸術家やフィクション作家の目で歴史を探求していく。クモの巣やガの死骸と格闘しながら植民地時代の古文書の束をひもとき、極上の文学作品に不可欠な独創性や斬新さ、大胆さをそれらの文献に見いだす。しかしながら植民地時代のリマ社会をつぶさに見つめるイワサキの姿勢は、不敬という観点から見ても、偉大な先人パルマを凌いでいる。本作品『ペルーの異端審問』に綴られる魅力あふれる（ときに残酷な）物語は、香部屋の匂い、あるいは神聖なる教会の教えが染みついたなかで日々を送る人々と、厳格ながらも気だるい雰囲気を漂わせるリマ社会の裏に息づいた、官能と肉欲の炎をわれわれに示してくれる。その炎は偏見や禁忌、迫害に抑えつけられたがために、かえって燦然と燃えあがったとも言える。

教会は教えのなかで、セックスを人々の不安材料へと歪め、貶めることで、社会に抑制やタブー、暗黙の懸念を強いる。それらは支配の道具にほかならず、欲求不満と神経症の源と化す。本書で紹介されるさまざまな事件に読者が抱く印象は、過度の抑圧と狂った情愛、それによって擦り込まれ、助長される悪癖や退廃の世界、といったところではないだろうか。

とはいえ、これは固くまじめにとらえた場合のことであり、人間にありがちな気の迷いや逸脱を面白おかしく綴った章などを読めば、よい意味で裏切られ、多少なりとも寛容な思いを抱くだろう。そこには当然、直情すぎる信仰心や計り知れない無知から生じる愚かな行為、それに付随する単純で無垢な思考、さらにはいびつな理想主義までが濃厚に感じられる。

意外性や大胆さ、こっけいさに加え、特筆すべきことが本書にはある。それは多くの人々が考えるように、歴史と文学は相容れないものだという先入観を払拭している点だ。双方の目的、書き表し方、ものごとのとらえ方が、必ずしも対立するものではなく、両立可能であることの好例になっている。各章に綴られる物語は、学術書として充分通用するだけの入念な調査、資料研究のたまものであると同時に、素材の選択や構成についてはフィクションを練りあげる際の綿密さと、芸術的な試みが色濃くにじみでている。

歴史家、随筆家、批評家、作家と多面的な顔を持つフェルナンド・イワサキ・カウティだけに、『ペルーの異端審問』にはいずれの分野にも訴えるだけの素材が備わっている。その結果、読み手を楽しませつつも学ばせる一冊の本ができあがった。読者を幻想の世界へと誘うと同時に、恐怖と束縛が支配していた忌まわしい時代の現実にも直面させてくれることだろう。

一九九六年一〇月　ロンドンにて

マリオ・バルガス・リョサ

プロローグ

歴史によくある上品ぶったでっちあげに、僕はつねづね疑問を抱いてきた。そのひとつが、かつてリマがタイサンボクの香り漂う実に美しい街で、嘆きにも似た教会の音だけが、苦行衣《シリス》姿で祈りを捧げる慎み深い人々の沈黙を破っていた、という類の美談だ。そんな取り澄ましたイメージは、どういうわけか今日まで生きつづけている。ペルー生まれの年代記作家インカ・ガルシラソ・デ・ラ・ベガが記した数々の悲劇的証言、「三重の王冠を戴いた街」を支配していた嫉妬深い女性にアレクサンダー・フォン・フンボルトが憤慨させられた逸話に加え、ハーマン・メルヴィルが古都リマを堕落と享楽の街だと述べ、チャールズ・ダーウィンが愚かで惨めな街だと見なし、セバスティアン・サラサル・ボンディがエッセイ『恐るべきリマ』で辛辣極まりない描写をしているにもかかわらずだ。

小説のなかにも、現実味や説得力のある言及がある。なのに、半ば公認と化したリマ神話はその座を明け渡そうとしない。たとえば、ヘンリー・ジェイムズは小説『後見人と被後見人』で、はしばみ色の優しい目をしたリマ女性に恋をする若い男を主人公にしている。コナン・ドイルの『サセックスの吸血鬼』では、かのシャーロック・ホームズが、上品かつ官能的な殺人者であるペルー人女性を追跡する。ハワード・フィリップス・ラヴクラフトは一連の作品に登場する架空の書物ネクロノミコンの写本を収めた場所に、サン・マルコス大学の古びた図書館を選んでいる。どうやら、リマは災いを呼ぶ悪女たちの暮らす享楽的な街、というのが世界的に定着したイメージのようだ。

そういった評判はどこから来るのだろう？　ポール・ゴーギャンは乳母だったリマ女性のことを頻繁に回想している。シナモン色の肌をした女性が好みなのは、タヒチではなくリマでの暮らしによるところが大きいと彼自身が語っているほどだ。祖母フローラ・トリスタンの女中たちが、幼いゴーギャンの股間をまさぐり、甘い香りを放つふくよかな胸に抱きあやしてくれた日々の影響であろうと。ゴーギャンが暮らした時期からわずか数十年前には、マグダレーナ地区にあったシモン・ボリーバル宅の寝室に、何百人ものリマ女性が——貴族階級に始まり、平民や既婚者、乙女、淑女、召使いに至るまで——足を運んだとの逸話が残されているが、なかでも目を引くのは熟年クリオーリャ[†1]の例だ。あろうことか無敵の解放者ボリーバルの手で恥毛を剃りあげられ、桃の実のような状態にされたという。道徳家を気取った歴史家たちの攻撃を唯一免れた色恋沙汰は、老副王マヌエル・デ・アマットと舞台女優ペリチョリとの恋物語だろう。残念なのは老副王がペリチョリに贈った馬のことばかりが語り継がれ、好色副王の馬への偏愛ぶり、ひいては闘牛や愛人の尻の動きをながめるために建てた塔についてはあまり注目されないことだ。

信じがたい現象のなかには、およそありえない状況から生まれてくるものもある。そう幻想文学で示されると、リマの人々の快楽志向もどこか動かしがたい星の運命だと思えてならない。アントニオ・デ・ラ・カランチャ師は一六三八年に印刷された『聖アウグスチノ修道会の教化記録』で、リマは双子座の下にあると記している。リマ市民は概して《外国人との結婚を望むが、平穏な結婚生活を送っているわけではない》と述べ、《男たちには自由な精神と心根の優しさ、勤勉さと商売熱心さ、雄弁かつ慎重な物言いが望まれ、女たちには子どものころから結婚願望が強いことがよしとされている》と続けている。節度あるこの修道士があえてそれ以外の双子座の特質を並べたら、肉欲や快楽主義、媚《こび》や放埒ぶり、女たちのなまめかしさに触れざるをえず、当然な

†1　クリオーリャは中南米生まれのスペイン人女性。男性はクリオーリョ。

がら慎み深さや気品、穏やかさなどは出てくるはずもない。それゆえに、リマック川にかかる橋や並木路でリマ女性が見せる〝あだっぽさ〟は、飾り気のなさや優しさ、柔和さなどではなく、むしろ挑発や欲求、淫らさの表れと見るべきだろう。

これでもまだ、リマは上品で慎み深い街だと言えるか？ 今日に至るまで、上品ぶった、猫かぶりの街だと評されつづけているのに？ そんなふうに揶揄されるのは、リカルド・パルマ氏の著作『ペルーの慣習』のせいではなく、一六世紀・一七世紀にリマに暮らした、錚々たる聖人や尊者、信心深い者たちの責任だ。彼らの影響には計り知れないものがある。ステレオタイプ化したリマの女性像は、ペリチョリではなく、聖ロサなのだから。

以上の理由から、僕はこの街の底にたまった宗教的な沈殿物を一掃し、敬虔なイメージを払拭することにした。本書に収めた修道女、聴罪司祭、敬虔な信者、異端者、祓魔師、異端審問官たちが織りなす物語は、好き者にとっては贈り物、高慢ちきにとっては憤慨の種となるに違いない。

一九九二年春　セビリアにて

フェルナンド・イワサキ・カウテイ

1　武装した亡霊
一五七〇年の悪魔祓いの実態

聖ベルナルドゥスは著作『さまざまなテーマを扱った説教』のなかで、人の夢に入り込んで黒い目やにをまき散らす悪魔や、女の姿で現れて男を惑わす夢魔との交渉を拒むよう警告し、神を畏れる人間への天の恩恵が、いかに悪魔を憤慨させるかを力説している。だとすると当然、美徳と神聖さに満ちたリマのような街は悪魔の怒りを免れるわけがない。一五七二年、異端審問所はマリア・ピサロを起訴した。みずから《強大な悪魔に憑かれた》と称し、魂の救済と肉体の慰めのために、五人の聖職者に自分と寝るよう求めたかどで。

悪魔がまやかしや淫乱で誘惑してくるのを承知で、五人の男は神の試練を快く受け入れた。ところが悪魔に取り憑かれたマリア・ピサロは、祓魔師たちのために自分の姉妹と女友達まで呼び寄せていた。聖職者たちの嫉妬心や競争心を考慮してのことだ。悪魔祓いに招かれた聖なる男たちは以下のとおり。イエズス会管区長ヘロニモ・ルイス・デ・ポルティージョ、同じくイエズス会士のルイス・ロペス、残りは、アロンソ・ガスコ、ペドロ・デ・トロ、フランシスコ・デ・ラ・クルスの三人のドミニコ会士だ。

二年間に及ぶ悪魔との戦いの末、当時キトのドミニコ会管区長であったアロンソ・ガスコが、異端審問所に自首する。《暗黙および明確なものも含め、悪魔と契約を交わす》罪を犯したことを認めたのだ。そこで異端審問官らはためらうことなく、祓魔師五名と彼らと関わった女たち、悪魔に憑かれたマリア・ピサロを全員逮捕・幽閉した。

異端審問官たちは結局、マリア・ピサロの体に宿った悪魔の正体を特定できなかった。欲にまみれたベルゼブブでもなければ好色のアスモデウスでもない、夢魔の類だったらしい。しかもその悪魔は、研ぎ澄まされた槍や光輝く剣を持っているわけでもないのに、なぜか当事者らのあいだでは《武装者》と呼ばれる。《武装者は金の棒だけを手にしている》と証言するマリア・ピサロであるが、《武装者》と呼ぶ理由を異端審問官たちから尋ねられるたびに、つい喜びにわれを忘れ、唇を湿らせるのだった。

夢魔と思しき悪霊は、当初マリア・ピサロに優しい言葉をかけていたが、次第に彼女はめまいや意識喪失に見舞われ、《武装者》のなすがままになった。

書記が次のように記している。

……被告が初めて衝撃を受けた晩について。ベッドに横たわっていたところ、被告は自分の胴衣と下着に悪魔が入ってくるのを見た。彼女は自分の肌でその存在を感じた。口づけ、抱擁という具合に、通常、人間の男が女にするように悪魔は彼女と交わった。その晩、会話はなかった……。

被告人の記憶をあらゆる角度から詮索する異端審問官たちは、尋問そのものに特別な関心を抱いていたようだ。当然、供述には細かい描写や関わった者たちの話も出てくる。

……姉妹であるアナの家にて、被告が悪魔に身をゆだねたのは前述のとおりである。悪魔と初めて交わったその晩、彼女の恥部からは大量の出血があった。以後も悪魔との性交は毎晩のように続き、ひと晩に二度、三度という日もあった。意識がはっきりしているときの記憶では、悪魔が彼女を脅し、性交させてくれれば苦しめはしないと告げ、それと引き換えに彼女は同意したという。一方被告が興奮し、われを忘れた状態の際には、意識が戻ると、いつのまにか彼女の体の上に悪魔がいて性交していたと供述する……。

事に及ぶと頻繁に意識を失ってくれる女性となると、悪魔にとってだけでなく、悪魔祓いの名目で彼女に付き添っていた世話好きな神父たちにとっても食欲をそそるものであったと思われる。一五二一年ごろにスペインのアルカラ・デ・エナーレスで出版された名著『迷信・魔術についての覚書』のなかでペドロ・シルエロ師は、悪魔に憑かれた女性の恥部からいかにして五月の花の香りが放たれるか、あるいは憑かれた女の裸体がミルクよりも白くなるのはなぜか、さらには性的興奮に見舞われた際、聖職者はどう立ち向かうべきかといった事柄も説明している。しかしながら、すでに感覚が麻痺してしまった五名の神父が欲求を抑えるには、数々の誘惑に打ち勝った聖アントニウス以上の節度が必要だった。仮にシルエロ師に、温厚なカスティーリャ娘の処女を奪った経験があったとすれば、わざわざ気性の激しいエストレマドゥーラ娘に手を出すよう助言などするはずもなかったに違いない、ということだ。

それはともかく聖グレゴリウスは『道徳論（ヨブ記註解）』で、悪との戦いは悪の領域、すなわち地獄でおこなうに限ると説く。イエズス会士ルイス・ロペスが汗ばみ、孤独に耐えながらマリア・ピサロに向かっていった情景が目に浮かぶようだ。もしかすると内心、無謀な行為に及ぶわが身に対し、神のご加護を祈っていたかもしれない。当初自己弁護していたルイス・ロペスが、突然控訴を取り下げたことに異端審問官たちは戸惑った。おまけにマリア・ピサロの証言は彼にとって実に都合が悪いものだった。

……悪魔祓いをしていた時期、被告マリア・ピサロは姉妹の家に半月ほど滞在した。毎晩のように悪魔に苦しめられていた彼女に、数人の神父が付き添った。彼女は枕と布団、厚手の毛布のベッドに横たわり、見張り役としてイエズス会士ルイス・ロペスが、同室にしつらえた簡易ベッドで寝る。交替する神父は隣室で待機した。ルイス・ロペスは激情に駆られ、マリア・ピサロに口づけし、抱きついた。女のほうも少し前から彼に好意を抱いていたため、応じたという。被告が夜ごとに悩まされていたため、以前は〔マリアの友人〕イサベル・デ・コントレラスが添い寝することもあったが、その晩以来ルイス・ロペスが、イサベルと隣室の神父が寝ているのを見計らってろうそくを消し、イサベルを起こさぬようにマリア・ピサロ・ロペスをベッドから連れだし、性交に及び、姦淫の罪を犯すに至った……。

これはある意味、高潔なイエズス会士が悪魔に屈辱を与えた証拠と言えよう。彼の狂おしいほどの情欲はサタンをも悩ませたに違いない。とりわけ異端審問官と書記を大いに楽しませたのは、彼女がいかにして修道士と悪魔、双方と寝ざるをえなかったかの供述だ。

……夢魔と思しき悪魔が彼女に告げる。ルイス・ロペスに身を捧げたのだから、自分にも同じようにしろと。そうでないと事実を暴露し、災いを起こすと脅した。相手が悪魔であるのを承知していたため、マリア・ピサロは申し出を受け入れざるをえず、それから四ヵ月間、関係が続くことになった……。

異端審問の手引書では、尋問の際に女性を全裸にするよう勧めている。悪魔に憑かれた若い娘の肉体は、拷問者らの高潔な思いをかき立てるものらしい。さて、悪魔とルイス・ロペスの双方が挿入した薄紅色の開口部を入念に調査すべく、聖職者らは被告の恥毛を剃りあげたというのだが……男と悪魔のペニスにどの程度の違いがあるのか？　悪魔の一物《いちもつ》がうろこに覆われ黒光りしているのは本当か？　あるいは通説どおりに、その精液は血にまみれた緑色をしているのか？　硫黄と魚の臭気が漂う精液で舌が焼けはしなかったのだろうか？

神聖な異端審問官らの指が、忌まわしい痕跡を求めてマリア・ピサロの性器をまさぐる。当然彼らの平常服《スータン》の下でも肉欲を抑える戦いが繰りひろげられていた。前述のシルエロ師が提唱したやり方で、必死の抵抗をしていたと思われる。拷問台に大の字に縛りつけられ、四肢を張りつめさせたまま、桃肌をさらす若い女性は、供述によれば雌犬のごとく悪魔との姦通を楽しんだとされている。今は取り巻く男たちが神の名のもとに、苦痛に喘ぐ彼女のなまめかしい姿態を心ゆくまで味わっている。歪んだ規律に則って、悪に憑かれた女を鞭で打ち、尋問を続ける審問官たち。悪魔と交わってどう感じたかを白状せよ、白状するのだ。そのときの快感は、神の似姿であるロペス神父のペニスのもたらすそれとまったく同様であったか？

震える手で聖水を振りかける審問官たち。努力の末、ついにマリア・ピサロからの自白を引きだす。彼女が事細かに説明してくれたのはよいのだが、露骨な言葉であったためか、拷問者らの繊細な神経を逆なでしたと見られる。《頭痛を覚え、歯の根が合わず、気が狂うほどの思いだった》と綴られたあとは、ご丁寧にラテン語で記されている。神学論争や洗礼などの儀式でおなじみの、あのラテン語だ。

……悪魔も性交の際に、彼女を抱きしめ口づけをしたが、ルイス・ロペス神父のときのような肉体の密着ぶりは感じず、むしろ女性器内に不穏な空気が入ってきた感覚だった……。

イエズス会の老管区長ルイス・デ・ポルティージョは、ルイス・ロペスほど幸運には恵まれなかったと見える。彼もマリア・ピサロに付き添い、悪魔祓いに精を出していたが、あまりにやり方が古典的すぎて、ルイス・ロペスの性愛術に慣れた彼女には合わなかったのだろう。

……悪魔祓いをし、夜も交替で番をしていたテアティノ在住の管区長ヘロニモ・ルイス・デ・ポルティージョも、同様の試みをした。ルイス・ロペスがそうであったように、女に自分の簡易ベッドで一緒に寝るようにと訴えた。その時以外にも管区長は頻繁に抱きついたり口づけをしたりしていたが、女のほうは拒んでいた。一方で、ルイス・ロペスと関係をもつようになったころ、女は武装者の姿を目にするようになり、その者は自身の言葉によれば天使であると……。

悔悛者アロンソ・ガスコの指摘とマリア・ピサロの告発によると、天空の存在と思しき《武装者》を考案したのはドミニコ会士のフランシスコ・デ・ラ・クルスだという。〝邪悪な〟悪魔云々という一連の騒動で語られた悪霊やたわごと、悪巧みの責任は彼にある、と。

幻視家たるドミニコ会士の弁によると、《武装者》は天使で、副王領ペルーにおける先住民《インディオ》と黒人の解放を告げに来た。先日エルビラ・ダバロス夫人宅の玄関先に、生まれたばかりの赤ん坊が置き去りにされていたが、その子は聖なる男児で、成長後に先住民と黒人を解放へと導くとのことだ。ダバロス夫人はリマ市初代市長ニコラス・デ・リベラ氏の未亡人で、ピサロ姉妹と祓魔師五名に協力した女友達三人〔五人姉妹のうちの三人〕の母親でもある。悪魔に憑かれたとされるマリア・ピサロとルイス・ロペスが交わっているあいだ、詳細を漏らさぬよう寝たふりをしつつ耳を傾けるルイス・デ・ポルティージョがいるのはよしとして、残り四人の女性と三人のドミニコ会士はどうしていたのだろう？　また、《武装者》が述べるペルー解放の立役者となる予定の赤ん坊はどこから来たのか？

その後の尋問から明らかになったのは、フランシスコ・デ・ラ・クルスがダバロス家の指導司祭だったこと、ダバロス夫人も三人の娘も献身的なドミニコ会士に心から信頼を寄せ、告解もしていた事実だ。

……供述によるとその後、フランシスコ・デ・ラ・クルス修道士がエルビラ・ダバロス夫人の娘たちに口づけをし抱きついたが、大罪を犯す意図はなかったとのことだ。しかしながら二度ほど、度を越したかたちで口づけや抱擁をしたことはたしかである。娘のひとりイサベルが告解を終えた際、修道士は他の姉妹の面前で彼女に過剰なまでの愛情表現をした。その姉妹レオノールとマリアに対しても、それぞれ同様に二度、三度と口づけをし、猥褻行為寸前に陥ったと……。

それぞれの姉妹に二、三度、合計一〇回～一五回キスしたにもかかわらず、敬虔な修道士が《猥褻行為寸前》でとどまったのは救いだ。それにしても、どの時点から猥褻行為と見なされるのだろうか？　聖アウグスティヌスの見解では心で思うだけでも罪となるが、今ここで彼の論理を持ち出すのは適切とは言えまい。アヴィセンナは男根が女性器に挿入されたときであると論じているが、彼は異教徒であるから、これまた有効とは言えない。少なくとも、バルトロメ・デ・ラス・カサス師の著書『聴罪師のための規則と警告』では、いずれの側にも陥らぬよう聖職者が各自、問題を解決するようにと説いている。

異端審問官たちも、ダバロス家の姉妹への尋問には並々ならぬ労力を要したに違いない。何しろ若い娘たちの裸体を前にすることは、聖職者の高潔な魂をさらに堕落させるべく、悪魔が敷いた誘惑だからだ。マロン・デ・シャイデ師は名著『マグダレーナの改宗の書』で、悪魔は男を揺さぶり堕落させるべく、女性の両太腿のあいだにみずみずしい果実を据えたが、それに抗い、蛇の頭を握りつぶせるような男には、神が天国行きを保証してくれると述べている。悪の仕業が解決すると、異端審問官らは安堵し、至福の思いに満たされたことだろう。それはちょうど教会に飾られる版画や、油絵に描かれたような永遠の喜びの場面に浸り、金色に輝く雲に座って衣の下で自慰行為に耽っている気分だったかもしれない。だがフランシスコ・デ・ラ・クルスの身に降りかかったのは、それとは正反対の結果だった。

……ダバロス夫人の娘ベアトリスおよびダバロス家の侍女の証言から察するに、夫人宅の玄関先に置き去りにされた男児ガブリエリコ、すなわちペルー王国の解放者とされる赤子の聖人は、フランシスコ・デ・ラ・クルス修道士と夫人の娘レオノール・デ・バレンスエラの子で、同修道士とレオノールもその事実を認める供述をしている。レオノールの夫は現在キトにいて不在のサラサル大尉である。レオノールの姉妹ベアトリスは、赤子の出産に立ち会い、産婆役を果たした。前述の侍女もレオノールの部屋で、のちに玄関先に置き去りにされる赤子を目撃している。ベアトリスの供述によると、生まれた男児を上の階の窓から下ろしたのは彼女であり、赤子を下で受け取り、ダバロス夫人宅の玄関先に置いたのはデ・ラ・クルス修道士であったとのことで……。

ドミニコ会士とレオノールはいつごろから愛人関係にあったのか？　どうやって罪に陥ったの

か？　いったいどこで不純な思いを遂げたというのか？　それを思うと一五七〇年のリマは、実に慈悲深い都市であり、聖職者と既婚女性の情事にも寛容だったと言わざるをえない。秘密の愛の巣、密会の場が不足していたので、二人は狭く薄暗い告解室を利用した。

……赤子の聖人とされるガブリエリコは、実の母親であるレオノールのもとで育てられたわけだが、その事実が明るみになったのは、不道徳な関係という大罪を犯した同修道士が耐えきれずに四度、五度と告解を続けたためだ。それ以外にも夫人の家で告解を受けるとの口実で、二度ほど女に対し猥褻行為に及んだことも発覚しており……。

本件、とりわけ赤ん坊をめぐる事件の関係者たちに対し、異端審問所は厳しい処罰を下した。一五七六年、フランシスコ・デ・ラ・クルスは、異端および《悪魔と契約を交わした》罪で火あぶりの刑に処される。一方、事件に関与した女たちは全員、国外追放処分となり、神父たちもみな、修道院の独房に幽閉された。マリア・ピサロだけは異端審問所内の地下牢に収監されていたが、一五七三年にそこで死亡している。マリア・ピサロは本当に悪魔に憑かれていたのだろうか？レオノール夫人との関係を隠そうとしたフランシスコ・デ・ラ・クルスが、巧みにでっち上げたものだったのではないか？　そうでなかったとしても疑念は残る。ルイス・ロペスとのたわむれ以外に、マリア・ピサロが交わっていたとされる《武装者》とやらは何者だったのか？

一五三六年、フランス・リヨンで出版された『異端と魔術の考察』でパウルス・グリランドゥス師は、悪魔というのは実体がなく、その感触は吐き気を催すような吐息に近いものだと指摘している。その論理と照らしあわせると、悪魔との性交時に《ルイス・ロペス神父のときのような肉体の密着ぶりは感じず、むしろ女性器内に不穏な空気が入ってきた感覚だった》との、マリア・ピサロの証言にも信憑性が生じる。おそらくはそのためであろう、エルビラ・ダバロス夫人が悪魔祓いの後押しにと、苦い薬草でつくった下剤を処方し、彼女に飲ませたらしい。四度目に薬を飲んだ際、マリア・ピサロは《腹にたまっていたガスが悪臭とともに放たれ、ようやく悪魔が出ていった》と語る。その言葉から察するに、悪魔にはたとえ姿かたちはなくても、人に感知される程度の臭いはあることがうかがわれる。

2 ご婦人がたの聴罪司祭

節度なきイエズス会士の破廉恥行為

マリア・ピサロとフランシスコ・デ・ラ・クルスをめぐる一連の裁判で、悪魔に憑かれ堕落した女と何度となく姦淫の罪を犯したにもかかわらず、イエズス会士ルイス・ロペスはうまく極刑を免れた。ルイス・ロペスの弁護人がきわめて優秀であったため、神のしもべである彼の口を通じて主張していたのは聖霊自身だったと、誰もが認めざるをえなかった。クラマーとシュプレンガーの名著『魔女に与える鉄槌』第一部第一章第四節では、悪魔は精液を作りだし、それをひとりの男から別の男へと移すことができると明確に説明している。つまり、男を容器のように入れ替えられるということだ。この理屈で考えると、悪魔に憑かれた女と性交したのがルイス・ロペス自身だったかどうかは、断言できない状況になる。少なくとも神父の股間に宿った精液が本人のものではなく、悪魔が生みだして移したものだったという余地が残る。ところで、性交時に精液がほとばしるのはなぜだろうか？　中世の傑出した医師として知られるファン・ウアルテ・デ・サン・フアンは『科学のための知恵の研究』で、精液は熱い性質のものであるため、男の心に体液が充満せぬためにも、射精で放出する必要があると説いている。となると、ルイス・ロペスは無実だった、あるいは地獄の使者の道具として利用された罪人《つみびと》だったとも考えられる。一五七八年にご婦人がたから告発さえされなければ、今ごろ慈悲深きイエズス会士は聖人として祭壇で称えられていたかもしれないのだ。

すべては彼が、熱にうなされ、薄い肌着に汗をにじませた病人の告解に通ったことに始まる。病の床に伏したご婦人の薄絹越しに映る豊満な乳房、なまめかしいへそ、柔毛《にこげ》に覆われピンク色に染まった恥部、いずれもルイス・ロペスにとっては魅力的だった。のちの供述で自分は誘惑されただけだと弁明する彼だが、その一方で誘惑に抗わなかった事実も認めている。

……胃痛でベッドに横たわる婦人の告解を聴くべく出向いた容疑者は、長時間にわたり執拗に婦人の腹部をまさぐった。半裸に近い女体に触れたことで激情に駆られ、女に口づけしたと説明する……。

いずれにしても聴罪司祭ルイス・ロペスは、リマ市内に暮らす敬虔なキリスト教徒の奥さまがたの口から飛び出す数多くの好色行為に、我慢も限界に達したということだろう。一五六六年ビセンテ・メシア師は『夫婦の健全なる指針』で、どの性行為が罪に当たり、どれが罪に当たらぬかを定めていたし、神学者メルチョル・カノも『悔悛の再考』で聴罪司祭らに、夫婦の務めに対してては厳しくあるべきと主張している。当然ながらルイス・ロペスも、本人が行為に及ぶ際にはたえず欲望のある・なしを自問しなければならなかったし、相手のご婦人がたに対しても告解の場で、どんな時に快楽を感じるのか、裸で行為をするのか、それとも下着をつけたままでするのか、どのように衣服を脱いでいくのか、さらにはどの程度神の目に異常に映る行為をしているか……などと問いただしていたと思われる。

告解に訪れるご婦人がたは神との和解を望み、〝みずからの邪淫なふるまい〟を神のしもべであるルイス・ロペスに打ち明け、神にとってその行為が好ましいものかどうかを問いただす。神父の答えは次のようなものだった。女性器内で射精しなければ必ずしも罪ではない。一方、獣のごとき四つん這いでの性交は魂を曇らせる。フェラチオやクンニリングスは聖母マリアを憤慨させるだけである。なぜなら口は祈りのためにあるのだから。おぞましき男色趣味に走った者には、例外なく天国への道が閉ざされる。
そうは言っても大都市リマには、金や悪癖、異なる風習を携えた外国人が世界じゅうからやってくる。いくら教会が抑圧したところで、ハバナの商人たちが広めた忌まわしき〝葉巻〟（両の乳房でペニスを刺激する、いわゆるパイズリ）や、ヌエバ・エスパーニャ副王領の銀山主たちが持ち込んだ悪名高き〝69〟（シックスナイン）はすでに浸透していた。教会は神聖かもしれないが、組織を形成する人間までもが健全だとは限らない。修道士とて人間であるゆえ、高潔だったルイス・ロペスも次第に節度を失っていった。

……ホアン・グティエレス・デ・ベナビデの妻、ヘロニマ・デ・オロスコ夫人（27）は証言する。彼女がみずからの罪を告白していたところ、聴罪司祭が思わせぶりな態度で訊いてきた。好意を抱いている聴罪師はいるのかと。女がある神父に好感を抱いていると答えると、意中の相手は誰かと質された。さほどの悪意は感じられないものの、執拗に尋ねてやまない。もしかするとそれは自分のことではないのか。だとすれば光栄だ。なぜなら、自分はあなたのことを愛しているからだと。それから彼女に対し、ミサに出ても彼以外の聖職者からは聖体拝領を受けぬようにと求めたので、彼女も同意した。告解室で命じられるまま衣服を脱いだ夫人に、再び神父は意中の相手は誰かと質した。女が半ばからかう口調であなただと告げると、男は非常に喜び、幾度も愛の言葉をささやいた。ある晩、病に伏した女のもとに出向いた神父は、二人きりだったことから肉欲に駆られ、性行為に及ぶが、決定的な性交には至らず射精した。のちに女は神父への告解を拒むようになったが、神父からは何度となく他の聖職者へ告解せぬよう説得され、またもや従った。

それから……。

よきキリスト教徒がみなそうであるように、イエズス会士ルイス・ロペスも良家の――とくに二〇～三〇歳の――既婚女性がお気に入りだったらしい。彼の口説きぶりは実にみごとだ。まずは告解室でご婦人がたの罪に耳を傾け、それから愛撫へと移行し、最終的には自宅に出向いて目的を達成する。

……被告に対し、既婚女性ホアナ・デ・ベラ（26）は証言する。ある日、告解室に入って告解を始めたところ、被告は過剰とも思えるほどに愛の言葉を投げかけてきた。以後もその行為は六回以上続いた。それまでは警戒していたため何とかなっていたが、のちに自宅で告解した際には、油断していたことから被告に胸、脚、腿をなでまわされ、抱きしめられ、口づけをされ、やがて被告が悦楽に浸り、射精に及んだと……。

ここで疑問が湧いてくる。貞淑なご婦人がたはどうやって、経験豊富なイエズス会士が果てた事実を知ったのか？　男の表情から読み取ったのだろうか？　それともルイス・ロペス自身が、射精したことも含め、みずからの快楽を口にしたのか？　いずれにせよ、神父が《悦楽》に浸ったと表現されている点は注目に値する。ご婦人がたの訴えにこの言葉が出てくるところを見ると、どうやら独特の意味があったと考えられる。それというのも、当時この言葉は聴罪師たちのあいだで限定的に使われていた言葉であり、前述のメルチェル・カノ著『悔悛の再考』でも、《肉欲の罪について、個々の状況を事細かに問うのが適切でない場合もある。必ずしも告解者や聴罪師に悦楽をもたらすとは限らないためである》と指摘されているからだ。聖フアン・デ・ラ・クルスや聖フアン・デ・アビラといった偉大な聖者の功績が、女性の弟子たちに神との合一を促したことだとすれば、本章の主役ルイス・ロペスの貢献は、性愛用語を駆使し世に知らしめたことだろう。

……マヌエル・コレアの妻イサベル・パチェコ（27）の証言。告解室での告解の前後、被告からは過剰なまでの、ときには露骨な愛の言葉を幾度となく投げかけられた。相手の邪《よこしま》な意図を知りつつも、彼女の側も好意を抱いていたという。神父は何度も女に対し、愛している、彼女のためなら何でもする、あなたはとても美しく慎み深い女性だと告げた。その後、自宅に招いたところ、神父は彼女への贈り物を手渡し、受け取った女は彼に抱きつき、唇に口づけをし、軽く嚙んで……。

女のほうから嚙んできたのが、よい兆しだったことは紛れもない。たとえ聖母マリアの目には冒瀆に映ったとしても、甘く嚙んでくる女の行為がさらなる大胆な試みへの前触れであると、過去の経験から聴罪司祭にはわかっていた。歯型がつくほどに背中や腹部を嚙んでくるのは、その後喉元深くまでのフェラチオがもたらされる前奏曲。一方で小刻みに震わせながら相手の下唇を嚙んでくるのは、カジャオ港に着くガレオン船の船乗りたちの下品な表現を借りるなら、〝下の口がびしょ濡れ〟か、〝よだれを垂らしている〟ことの表れだ。

教区の既婚女性たちの甘嚙みに触発され、ルイス・ロペスの音楽的・詩的・狂人的本能が開花し、ついに生娘攻略という偉業中の偉業に着手する。

……商人アントニオ・フアレス・デ・メディナの妻、フランシスカ・デ・サリーナス（現在24）の訴えによれば、彼女がまだ若い生娘であったころ、被告は告解の前後にいつも優しい言葉をかけていたが、ときおり大胆なことを口にするので次第に疑いを抱き始めた。神父は彼女に対し、執拗なまでに字の読み書きを覚えるよう説得した。やがて彼女が文字を覚えると、今度は彼から頻繁に手紙が送られてくるようになった。文章ばかりか、ときには十四行詩《ソネット》や短詩《コプラ》のかたちで彼女への愛の言葉を綴り、返事を書くようにと求めてくる。それに彼女が応じるまで、神父の説得が止むことはなかった。神父はさらに彼女の気を引くため、瓶詰や菓子といった贈り物をしては、何度も自宅に出向いた。彼女と母親と応接間で雑談の途中、家にある祈禱室を見たいと申し出ては、母親をその場に残し、娘に案内してもらう。母親の目が届かぬ祈禱室に入るや否や、彼女に抱きつき口づけをする。顔を寄せたまま、胸元に手を入れる行為は少なくとも一〇回以上繰り返された。告解室の場合も自宅の場合も、神父からは何度となく自宅裏の囲い場で話をしようと求められた。根負けした彼女がある晩、菜園に面した囲い場の扉を開けて待っていると、修道院のほうから瓦屋根を伝ってくる男の影が見えた。いつもの平常服《スータン》ではなくズボン姿であった。不道徳な行為に及ぶことに不安を覚えた彼女は、怖くなって家に戻り戸を閉めた。神父はそのことでとても気分を害したという。それから数日後、被告はまたもやフランシスカの家に現れたが、いつものように祈禱室で二人きりになるなり、執拗に口づけをし胸をまさぐりながら、彼女の愚かさを非難した。そのうえでスカートに手を入れ、恥部に触れつつ、本来ならば自分が処女を奪うはずだった、両手で引き裂いてやりたいと口にしたため、恐れをなした娘は慌てて祈禱室をあとにした。また、告解の場で被告は娘に対し、体に何らかの高ぶりを感じたかと問いただしたが、娘は何もなかったと答えた。被告のほうは、自分は悪意からではなく彼女を愛するがゆえにそうしたのだと説明をした。被告がリマに来て、彼女の告解を聴くようになって以来、このような淫らな行為は二年ほど続いた。いずれの場合もきっかけは告解室での告白に始まり、自宅での軽食へと発展し、ときには娘の弾くクラビコードの音色を聴きたいとの口実で……。

ルイス・ロペスは多少の失敗で怖気づくタイプの男ではなかった。即座に別のうら若き乙女を口説く。名前にたがわず清純無垢な〝マリア〟が彼の人生を一変させる。

……被告は執拗にマリアの家に出向き、彼女のベッド脇にあるソファーで寝泊まりすることもあった。ある晩二人は肉体関係を持ち、処女を奪われたマリアはその後、妊娠する。当時マリアの母親と姉妹の告解も担当していた被告は、事実が発覚したあとも、妊娠は悪魔の仕業だと主張する。自分が所有する本には、悪魔が悟られることなく女を孕ませる能力があると記されていると説明して、その場を収めた。次にマリアと性交に及んだ際には、裸でベッドに横たわる女の太腿に射精した。被告の言葉を借りれば、女性器内に射精しなければ神への冒瀆、すなわち大罪には当たらないとのことで、女にもそのように説明している。もっとも当のマリアは、ある知人に漏らしている。巷の男たちの恋人が処女のままでいられるのは、ルイス・ロペスが私と関係しているおかげだと。それを知った被告は憤慨し、面目をつぶされた仕返しにマリアの腕や脚を鞭打った。恨みを抱いた女が、その後被告を訴えたことで……。

ペルシャ出身の医学・哲学の天才、アヴィセンナ。この賢人の説はさておき、ルイス・ロペスは、若い女の太腿や腹部への射精が神への冒瀆だとも、罪であるとも考えていなかった。ともあれ純潔なイエズス会士が、自身の早漏をコントロールできていたら、多少なりとも娘マリアを飼い慣らせていたのではないか。彼の主張に従えば《女性器の外であれば大罪には当たらない》のだから、じらすことで違った展開になったかもしれない。異端審問官の面前で、聴罪司祭はまたもや『魔女に与える鉄槌』からの引用や容器の話を持ち出し、自己弁護する羽目になった。だが、彼にとって誤算だったのは、昔からの格言に言う《寝小便で目覚めぬためにも娘と一緒に寝るな》

との教えを軽視したことに尽きる。もっとも両王の都リマにおいては、《修道士と寝たところで、困るのは修道士のほうだ》のほうがより広く根づいていたが。

3　阻まれた悪魔への祈り

誘惑に負けたアントニオ修道士

傑出した書『秘められた天国と精神性の獲得についての対話』のなかでファン・デ・ロス・アンヘレス師は、カトリック教会の一部の聖職者を戒めるため、《多くの博識で敬虔な男たち、あるいは、かつてそうでありながらも女たちにそそのかされ堕落した男たちの遺憾な目録》を綴るつもりであると述べている。聖パウロが主張するように、エバの娘たる女性は罪の源、地獄の篩《ふるい》だとの理由からだ。事件の審理を担当した者たちは、その目録にドミニコ会士アントニオ・デ・リベラの名が刻まれずに済んだのは、おそらくは神の仲裁によるものだ、と感じていたに違いない。

温厚なアントニオ修道士は、信者たちの鑑《かがみ》として知られていた。善良かつ純粋な男がいると破滅させたくなるのが悪魔の性分だ。魅力的な女性を慈悲深きドミニコ会士にあてがうことで自尊心をくすぐり、惑わすのに成功した。あのキリストでさえ、《もしひれ伏して私を拝むなら、これらすべてを与えよう》と悪魔にささやかれている。だとすると生身の罪人、アントニオ修道士にそれが起こったとて不思議ではない。

サタンは女弟子のなかでもとりわけ不誠実な女を使うことにした。キリストの弟子たちによって聖職から引き離された女たち。マルティン・デ・カスタニェガ師は、一五二九年ログローニョにて印刷された『迷信、魔術、悪魔祓いの書』のなかで、悪魔は女たちの恨みに力を与えることで彼女らを地獄の使者として利用していると述べている。本章の主役アントニオ修道士が、もしも聖アントニウスを信心していたら、肉欲に溺れることはなかったかもしれない。

……クスコの地でとある女に恋した修道士は、修道院の外に出られず思いを遂げられない状況を前に、悪魔に救いを求めた。自分の目的が果たせた暁には、心から悪魔を崇拝し、生涯従うことを誓い……。

聖アウグスティヌスがいうところの《滅びをもたらす契約》を結ぶべく、アントニオ修道士は独居房でわが身を鞭打ち、忌まわしき悪魔の出現を待った。

修道士は聖書に精通した博学な人物だったため、まずは独居房に硫黄の悪臭が漂いはじめ、それから床に黒い亀裂が入るとわかっていた。そこから地獄へ下り、サタンの取り巻きたちと顔を合わせ、彼らの面前で神や聖人らへの信仰を断ち切る。それと引き換えに一度は捨てたはずの性愛術を取り戻し、あとは女たちとの姦淫に明け暮れる。自慰行為などとは比べものにならない快楽をむさぼれるようになる。

その願いが実現していたら、アントニオ修道士は今ごろ、天国で性交に溺れていたはずだ。ところが思いがけず、賢者や愚者を喜ばせる奇跡が起こる。数々の祈りを唱えながら悪魔を待っていた修道士だったが……。

……二時間経過しても彼の願いが受け入れられる兆しはなく、思いとどまり自分の行動を後悔した……。

教会の勝利の鐘が鳴り響き、異端審問官らが満面の笑みを浮かべるなか、アントニオ・デ・リベラ修道士はリマの異端審問所で罪を告白した。彼はまた、自分の魂を捨てようとした前夜、突如として脳裏にルイス・デ・グラナダ師の『聖母マリアの奇跡』の一節が浮かんだとも語った。

テオフィリウスが悪魔と契約を結ぼうとしたところ、聖母マリアが出現して悪魔への思いを断ち切らせる場面だ。いずれにせよ、彼の信仰心はよみがえったのだ。

聖なる異端審問官らが定めた苦行や再教育を終え、教会に復帰したアントニオ修道士がクスコに戻ると、地元の司教座聖堂参事会員や神学者たちが悔悛した彼を快く迎えた。創造主たる神は、いつもちょうどよいときに現れ、迅速かつ正確に役目を果たしてくださる。それゆえ神の御前では、執拗な悪魔ですら怠惰な存在に映ってしまう。今回の気の迷いを克服したことで、信仰心がさらに強固になったはずだ。聖職者たちはそう言って、修道士を慰めたという。

クスコの魅力的な女性信者たちを再び前にし、アントニオ修道士は安堵のため息とともに心からの祈りを捧げたことだろう。

4　インカでなければ黒人で
リマにおける男色について

リマの故事に《インカ族でなければ黒人の血を引いている》というのがある。これはとりもなおさず、神の子どもたちである諸民族の混交を指すものと思われる。一七世紀初頭にユダヤ系ポルトガル人の商人――すなわち神の敵――が『リマの描写』で当時の首都の様子を綴っている。《この街には世界じゅう至るところから人が集まっている。スペインの主要都市に加え、ガリシア、アストゥリアス、ビスカヤ、ナバラ、バレンシア、ムルシアなど各地方の出身者、ほかにも、ポルトガル、フランス、ドイツ、フランドル、ギリシャ、ラグサ（現在のクロアチア・ドゥブロヴニクにあった都市共和国）、コルシカ島、ジェノバ、モロッコ、カナリア諸島、イギリス、アラブやインド、中国から来た者もいて、雑多な民族が入り乱れ……》。だがこの著者は、奴隷としてペルーに連れてこられた屈強な黒人たちについては、ひと言も触れていない。偉大なるバルトロメ・デ・ラス・カサス師同様、先住民《インディオ》は人間と見なしても黒人は人間と見なしていなかったのだろうか？　人間は肉体と霊魂の総体である、というのが聖トマス・アクィナスの主張だが、一五九〇年の文書によると、リマの聖職者や支配者層は黒人奴隷に霊魂があるかどうかは疑っていた。一方で、彼らの肉体の強靭さについては疑う余地がないと記されている。

黒人の美しさについては、はるか昔にホメロスの叙事詩で語られている。オデュッセウスは《エチオピアのメムノン王以上に優美な男には、いまだ出会ったことがない》と言っているし、古代ローマの詩人オウィディウスも『恋の歌』で《黒檀のごとき黒人は、この世に存在する人間のなかで最も美しい》と称賛している。にもかかわらず、カトリック教会はつねに黒人を悪魔と結びつけ、彼らに対しては、肌が黒いから醜いのではなく、悪魔ゆえに醜いのだとまで言っている。

大プリニウスは『博物誌』のアフリカ人の慣習に関する箇所で、精力に満ちた官能的なアフリカの男たちは《ヘラデ（古代ギリシャ・テッサリア地方）の男たちよりも優れている》と述べつつも、ところどころで《自然法に反する》傾向があると指摘している。偉大な博物学者が好ましくないと言及した風習のいくつかは、おそらくはポルトガル人にアフリカ海岸で捕らえられた黒人たち、あるいはスペイン人にカナリア諸島や大陸で売買された黒人たちを介して、副王領の都リマにも入ってきたことだろう。故郷や女たちから引き離され、ガレオン船の異臭放つ船倉に詰め込まれて海を渡り、未知の言語を話す者たちに売り飛ばされる。あとは奴隷として主人の命令に従う運命だけが用意される。禁欲生活を強いられた男たちは粗末な奴隷小屋で、熱く輝く黒い肌を寄せあいながら雑魚寝することも多かった。そんな植民地社会の新参者たちが、慎み深い首都の人々に衝撃をもたらすのに時間はかからなかった。

アンゴラやコンゴ出身の奴隷たちが命名したとされる、リマ市内の貧困地区「マランボ」。そのマランボの教区司祭があるとき、黒人奴隷アンドレス・クピを告発した。彼が教区に暮らす他の奴隷たちと男色の罪を犯したとの理由からだ。アンドレス・クピは即座に聴訴院《アウディエンシア》†1の監獄に入れられ、刑罰を待つ身となった。ところが彼が来てまもなく、同室の奴隷たちから不満の声が上がりはじめる。毎朝目が覚めると、〝尻が濡れて〟いたり男根が乾いていたりすると。すぐに犯人は判明した。

……同じ牢屋にいた黒人奴隷の証言。いつものように他の黒人たちと寝ていたところ、アンドレ

†1　新大陸のスペイン植民地に置かれた王立の最高裁判所。

ス・クピという黒人が近寄ってきて、彼をうつぶせにしたまま両脚を割るかたちで自分の脚を割り込ませ、シャツを脱がせようとした。不審な動きに気づいて慌てて離れたところ、アンドレスは、今度は寝入っている別の男に近づき、同じようにシャツをまくり、男の肛門に指を突っ込んだ。男が目を覚ますと、アンドレスはもう一方の手で相手の口を塞ぐ。黙らせるためか、口づけするためかは不明。いずれにせよ、その者がアンドレスを知ったと証言して……。

ここで〝知る〟という動詞を使っているのを見ても、当時リマの黒人奴隷たちがかなり教化されていたのがうかがえる。聖書では聖母マリアが《男を知らなかった》と記されているし、カルトジオ会士ザクセンのルドルフも『キリスト伝』で次のような表現を用いている。《ラテン教父アウグスティヌスは、楽園でアダムはエバを知らなかったと言っている。アダムがエバを知ったのは、神から与えられた善を二人が失ったあとだ。われらの始祖が犯した原罪の裁きによって生と死を認識し、以前は知らなかった女の存在を認識したことで、自身の純粋さを知ることになり……》。

つまり黒人奴隷アンドレス・クピは、聴訴院の監獄に拘留された機会を、他の男たちを知るために利用したことになる。

聴訴官らは、おぞましい男色の罪を犯した奴隷にガローテ[†2]による死刑を宣告する。ところが思いがけず被告が抗弁したかと思うと、淫らな共犯者たちの名を次々に挙げはじめた。ウアマンガの司教、キト聴訴院の院長、チャルカスの聴訴官、クスコのドミニコ会管区長、副王領の槍騎兵・火縄銃兵隊長、ポトシの王室代理官《コレヒドール》、《名前は覚えていない修道士三名》、《何人ものエンコメンデーロ[†3]と王室の侍従たち》のほか、彼を告発したマランボの教区司祭バロスの名前まで飛び出した。ためらう様子など微塵も見せずに隣人を告発するアンドレス・クピの姿勢は、ラス・カサス師の《黒人には肉体があるのみで精神はない》という主張を裏づけるものだった。

内容が内容だけに、リマ聴訴院はその後の裁判を非公開で進めた。一連の裁判については、『黒人奴隷アンドレス・クピがペルー副王領で犯した同性愛、性的倒錯、小児性愛、獣姦その他の罪に関する王立聴訴院による回顧録』が公証人の手で記されている。だが、アンドレス・クピが犯した諸々の罪以上に聴訴院が知りたがったのは、彼がどこでそれらの行為を学んだか、あるいは誰から学んだのかだった。《故郷の灼熱の大地でか、大洋の航海中にか、それとも旧大陸か、中継

†2　椅子に座らせた死刑囚の首を鉄の環で絞める処刑装置。
†3　スペインの植民地支配制度エンコミエンダ制のもとで、王室から一定数のインディオを委託された入植者。

地のポルトベーロか、そうでなければ他の黒人奴隷たちと接するうちにか？》。

それに対するアンドレス・クピの供述は、リマ聴訴院の聴訴官たちを震撼させた。

……バロス師の奴隷となった被告がチャルカス王立聴訴院の聴訴官に語ったところによると、バロス師とそのような罪を犯したのは一四歳ごろのことだという。バロス師は、ふだん自分が寝ているベッドに奴隷を誘い、暗闇のなかで夜半過ぎまで、尻にペニスを挿入するかたちで肉体関係を強いた。バロス師が体を離した際、奴隷は肛門に射精されたのを感じた。バロス師の行為は四ヵ月以上続いたと証言している。その間は昼夜とも何度となく罪を犯した。その罪が終焉を迎えたのは、黒人奴隷がパスクアラという名のムラータ[†4]と結婚したときである。その事実を知らなかったバロス師は自分に無断で結婚したことに怒り、本件の証人である黒人奴隷を鞭打ちで罰した。その後は男の代わりに別の奴隷を召使いとして雇うことになり、やはり同様に自室に誘っては……。

アンドレス・クピの証言は、王室の高官や聖職者ばかりか神学上の教義や教会制度、さらには《健全たる共和国政府》をも巻き込み、根底から揺るがすものだった。それらを踏まえて聴訴院が下した英断は、審理を棚上げして、被告アンドレス・クピを嫉妬深い主《あるじ》――マランボの教区司祭バロス――のもとに返すことだった。リマ司教区はこの司祭に対し、遠く離れたチンチャイコチャの地でインディオらの偶像崇拝の撲滅に従事するよう命じた。最終的にすべては、《この優雅な都に暮らす多くの有力者たちが、個々の事件の中傷で煩わされるのは好ましいことではない》との理由で幕引きされた。

それにもかかわらず、リマの住人の間では、すでに《インカでなければ黒人で》と揶揄する十四行詩《ソネット》が広まっていた。これについてはインディオの女性と関係した男たちと、黒人奴隷と関係した男たちを区別する意図もあったと思われる。だが、神の無限の愛は思いがけぬかたちで都に降り注ぐ。ムラートの聖人マルティン・デ・ポーレス修道士の出現によって、忌まわしきアンドレス・クピの記憶が一掃されるという奇跡がもたらされた。そのため《司教も聴訴官もマランボの教区司祭も、みな同じサンボ[†5]を口にした》の節に代わって、《犬も野ネズミも猫も、同じ料理を口にした》がのちに語り継がれるようになった。

†4　白人と黒人の混血女性。男性はムラート。
†5　黒人とインディオの混血男性。女性はサンバ。

5 空飛ぶイネス

飛行と官能の神秘

主イエス・キリストは弟子たちに、彼の名ゆえに彼ら弟子たちが迫害されることになるだろうと言ったが、信者たちにとっては彼への愛ゆえにキリストの受難を地上で追体験するのは、最高の名誉だった。ルイス・デ・グラナダ師は『祈りと瞑想の書』で、断食、鞭打ち、苦行衣《シリス》の着用、子羊の胆汁を飲む、茨の冠をかぶる、性欲を節制するといった〝苛酷な〟訓練を通じて苦難の道をよみがえらせ、それを知性や瞑想の領域へとつなげる一連の試みを提起している。《そんな痛みのなかでこそキリストの苦悩は輝きを放つ》との理由からだ。リマの聖ロサはルイス修道士の熱心な弟子で、彼の著作を読むため会計士ゴンサロ・デ・ラ・マサの家に通っていた。そこには聖ロサ以外にも多くの敬虔な女性信者が足を運んでいたが、みな際立った献身ぶりと気高さを備えていた。イネス・デ・ベラスコもそのひとりで、中南米最初の聖女となった聖ロサが天に召されたあと、彼女の列福手続きへの審判で証言をしている。それをきっかけに審判にのめり込みすぎたからだろうか、のちに自身が訴訟を起こされ、一六二五年の異端審問判決式《アウトダフェ》で罪人たちの行列に加わることになってしまった。

……セビリア生まれのイネス・ベラスコ夫人（35）は、リマ在住の洋服屋エルナンド・クアドラドと結婚しており、人々からは〝空飛ぶ女〟の異名で知られる。さまざまな啓示を受けたり忘我状態に陥ったりしたうえ、主イエス・キリストや聖母マリア、諸々の聖人や天使との対話を真実だと思い込み、語り、書き記したが、すべて悪魔による偽りの幻想とされている。彼女が記したノートには、秘跡のたびにイエス・キリストが降りてきたこと、彼が流す涙をキリストの血として授かったこと、キリストが彼女に顔を寄せ、触れたときに永遠の神の栄光を感じたことなどが書かれている。ほかにも全免償で煉獄から五千人の魂を救いだしたこと、諸聖人の祝日にも聖母マリアと協力して、やはり煉獄から魂を救い、その時は三名を残したため、翌日戻って再び救ってきたことが記され……。

イネス・ベラスコは単なる敬虔な信者ではない。女性が本を読むのを禁じられていた時代に、アビラの聖テレサやルイス・デ・グラナダ、ロペ・デ・ベガ、ザクセンのルドルフ、ルドヴィコ・ブロッソ、ほかにもヤコブス・デ・ウォラギネの『黄金伝説』、難解で知られるファン・ゴンサレス・デ・クリタナの『完全なるキリスト教徒』、一五一〇年にシスネロス枢機卿の要望を受けてトレドで出版された『福者サンタ・アンヘラ・デ・フルヒノ』まで読破したと公言していた。この事実を踏まえたうえで、彼女が煉獄まで降りていったことがなぜ認められなかったのだろうか？

その方法については、かのルイス・デ・グラナダが『祈りと瞑想の書』で説明しているはずなのに。イネスが供述した煉獄やキリストの件には疑念を抱いていた異端審問官も、彼女の飛ぶ能力については認めていた。その証拠に《彼女が修道院の玄関から中央祭壇まで飛んだ話は地元でも周知のことであり、それゆえ空飛ぶ女と呼ばれている》と記されている。彼女の飛行能力はリマ全域でも有名だったらしく、そのため神を畏れる修道士のひとりが異端審問所に密告した。

……リマの街には、教養が乏しい女が多すぎる。概して浮ついた者たちで、なかには空を飛ぶ者までいる。異端審問所は連中の商売が神の意向に沿ったものなのか、あるいはまやかしや悪魔のなせる業なのかを調査もせず……。

尋問ではイネス・ベラスコの飛行能力だけでなく、彼女の並みならぬキリストへの思いも明らかにされた。主イエス・キリストが慈愛に満ちた公正な女性を好むのは周知のことであり、〝空飛ぶ女〟もリマにあるイエズス会の教会で彼と結ばれたという。

……証言によると、一六一七年一一月二五日聖カタリーナの日、厳かな儀式のもと、キリストと結婚したとのことだ。異様に光り輝く指輪を新郎から手渡され、女の内に強大な活力と、それが現実であるとの認識をもたらし、恍惚感に満たされ……。

キリストの花嫁となったイネスは、先駆者である女性尊者たちのさらに先を行くことになる。『黄金伝説』や『傑出した聖女たちの物語』といった書物で、イネス自身がその生涯を読んでいた女性たちの逸話。聖ヘルトゥルディスは幼子イエスを優しくなでるたびに乳房から母乳が出た、聖クリスティーナはイエスに情熱的な口づけをしていた、聖マルガリータ・デ・ファエンサもイエスとの口づけを満喫したとの話だし、聖アグネスに至っては彼の神聖なる包皮をなめ、蜜のように甘かったと述べている。イネス・ベラスコは神の子と二人きりで何をしていたのか？

……容疑者はイエス・キリストとの対話の場面を次のように語る。イエス・キリストと向き合っていると、あのお方が私の心を抱きしめ、イネス、わたしはおまえの恋人、夫である、とささやくのを感じました。それから、私の胸にあのお方が頭をもたれました。重さはありませんでしたが、頭で心が満たされた感じでした。以来その感覚は続き、今も残ったままです。単なる幻想などではなく、その後寄り添ったイエスの顔と私の顔が一体化し、身も心もひとつになった感覚を得て、この上ない贈り物をもらった気分を味わい……。

イネスの証言を見る限り、キリストはこの崇高な女性信者に実に好意的で、彼女がどこにいようと出現したらしい。主イエス・キリストが神出鬼没であるのと同様に、イネス・ベラスコにもそれを察知するだけの能力が授けられていたということだろう。神秘神学の分野で幻視と呼ばれるこの現象については、偉大なる師フアン・デ・アビラが『精神書簡』の第一部で《知性や愛の面でより進んだ魂によってなされる、高い精神レベルの祈りは、神の目にかなうものである。神によって魂への理解や思考が一体化された領域では、みずから働きかけるよりも受けることのほうが多くなる》と述べている。そのような神の恩恵を授かったイネスは、自宅や通り、教会はもちろん、自室、台所、ベッド、トイレ……と至るところでキリストの姿を見ることになる。

……部屋にいると、ベッドの向こう側にキリストの姿が見えた。あまりに美しい姿で彼女の名を呼ぶ。母親宅への訪問を忘れ、喜んでキリストをベッドに迎えた。その日を境にキリストはたえず彼女の前に姿を現し、たわむれることになったという。ともにベッドにいるときには、女は下品な人間だと思われぬよう、相手の動きは見つめても恥部には目を向けずに、目を閉じて……。


情事の際、恍惚状態に陥って乱れる自分の姿を、神の子である夫に見られることには気が引けても、きれいに整えたベッドでキリストと過ごすひとときには無上の喜びを感じるイネスだった。そのせいだろうか、《実の夫と性交しても得られることがなかった快感、まるで神と一体化したような心地よい感覚だった》との証言記録が残っている。キリストとのあいだに生まれる快楽を世俗的なものではなく、むしろ神聖なものとしてイネスはとらえていたと思われる。

異端審問官はイネスを《異端と神への冒瀆》の罪で訴えた。イネスは裁きの場で、自分が悪魔の申し出にそそのかされて数々の快楽に溺れ、忌まわしき飛行を繰り返した罪を認めた。悪魔とのつながりを捨てたため死刑を免れ、黄色の悔悟服《サンベニート》で行列するにとどまった。その際、彼女が綴ってきた五四冊のノートは銀製の火鉢で焼かれた。一五三九年にペドロ・シルエロ師が『迷信と魔術への永罰』で論じて以来、空を飛ぶのは異端である魔女や黒魔術特有の行為とされている。〝空飛ぶ男〟との異名をとったクリオーリョ[†1]のサンティアゴ・デ・カルデナスが、一七六一年に『新たなる空中飛行術』なる著作を発表した際、同時代の知識人たちから激しく中傷されたのもそのためかもしれない。イネス・ベラスコは人前で飛ぶという大胆な行為に及んだが、その代償はあまりに高かった。無限の知性を持つ神が男にも女にも翼を与えなかったのは、結局のところ人間が、天のそばで姦淫の罪を犯し、空中から糞便を落とすことのないようにとの配慮からだったのだから。

†1　二一一頁欄外注参照。

6 悪魔たちの仕置き人シスター

エンカルナシオン修道院に出現した夢魔

一七世紀初頭のリマには、神の大いなる栄光を賭けて悪魔と直接対決する、そんな敬虔かつ勇猛果敢な女性が数多くいた。レオナルド・ハンセンが『偉大なる聖ロサの驚くべき生涯とみごとな死』で、ドミニコ会第三会員の在俗修道女だった細身のシスターが悪魔と対決したときのことを綴っている。《卑しいブタ野郎、出ておいで！　こちらは逃げも隠れもしないわ！　やれるものならやってみなさい！　神を信じるこの私の、身も心も負けるはずがない。獣のような醜い姿を現し、かかってきなさい！　すると突如巨人のごとき大きな物体が現れ、部屋じゅうが震えた。悪魔は尼僧の首をつかみ、柳の小枝を折り曲げるように揺すり、粉々にしようとする。だが、彼女は動じる様子もなく、神への信頼を胸に笑みを浮かべ、悪魔に向かってつばを吐きかけた》。

固い信念を崩そうとする悪魔、そんな悪魔の誘惑に身を挺して立ち向かう誇り高き乙女たち。そのほとんどは日々の厳しい戒律や断食、苦行を通じて肉欲その他の快楽を克服してきた女性たちだった。先駆者であるシエナの聖カタリナやパッチの聖マリア・マグダレナ、スウェーデンの聖ビルギッタに負けじと、勇敢なリマの修道女らは素手で戦い、たとえ肉体はむしばめても精神まではむしばめぬことを悪魔に知らしめてきた。

ところが一六二九年のある日、リマのエンカルナシオン修道院で暮らしていた修道女、イネス・デ・ウビタルテが異端審問所に出頭し、背教および悪魔との契約、邪悪な夢魔と肉体関係を持った罪を審問官らに自供した。

事件は首都リマに不安を巻き起こした。悪魔というものが、仮に聖アウグスティヌスの言葉どおり形態のない存在だとすれば、恐るべき堕天使ルシファーは女たちとの性行為に及ぶため、マヨール教会の墓地から掘り起こした遺体に乗り移っていることになる。ジロラモ・メンギは『悪魔たちに与える鞭：恐るべき悪魔祓い』（一五七六年）のなかで、悪魔がよみがえらせた肉体は泥と灰が混じったものだ、と主張し、聖トマス・アクィナスは『ボエティウス「三位一体論」に寄せて』（一二五〇年）で、不浄なキリスト教徒たちが夢を見て夢精した精液から生まれた産物だと言っている。いずれにしても異端審問官らは打開に向けて行動を起こした。リマ市民に外出を禁じ、夢魔が壊滅するまでは夢も見ぬようにとの命令を公布した。

類まれなる霊力を誇る〝悪魔の仕置き人シスター〟として評判だったイネス・デ・ウビタルテ修道女が、あろうことか悪に屈し、異端審問所に収監されてしまったのだ。審問では、修道院内で彼女の身に起こった筆舌に尽くしがたいエピソードが語られた。

……彼女は今から四年ほど前、独居房で寝ていた晩に、男の姿で出現した悪魔に惑わされた。悪魔は彼女に対し怠惰になれとそそのかし、過去にも聖女たちに同様のことをしてきたと嘘をついた。そのうえで、世俗の喜びに浸るほうが望ましい、苦行に身をさらす必要などないのだと説く。そんなことをしても死に際に後悔するだけだ、聖女として死を迎えたければもっと人生を満喫しても構わない。やがて悪魔は《愛する人》《わが恋人》《愛しい人》といった甘言でささやきかけ、彼女を口説きはじめたという。その後、男が体にのしかかってきたかと思うと、世間の男女がそうであるように、男のペニスが自分のなかに入ってくるのを感じた。初めのうちは戸惑い、うろたえた修道女だったが、やがて大きな官能の炎に包まれ、みずから男を受け入れ、悪魔がささやく甘い言葉に返礼するかたちで男のペニスを口に含み、噴出した精液を味わい……。

審問後、エンカルナシオン修道院に戻ったイネス・デ・ウビタルテは、独居房から一歩も出ることなく暮らしたという。夢魔はその後も、リマ市内の修道院に出没しては、修道女たちを誘惑した。そのためリマじゅうの修道院では、悪魔を地獄に戻すべく、聖母マリア像を担ぎ出し行列までおこなった。純真な修道女たちは、悪魔の特徴をこのように証言している。《雪のように冷たく、魚のように黒光りした大きなペニスは、その珍しさだけでも一見に値する》と。

7　高徳の誉れ

慎み深い神のしもべの大往生

聖者のような人物、神に身を捧げて生きた偉人、俗世との交流を一切持たず、蛇の頭を踏みつぶしながら隠遁生活を全うした者……それらの逸材が死後、聖人の列に加わるためには、教会によって証《あかし》が認められる必要がある。その一例が、神が故人の遺体に何らかの作用を及ぼした場合であり、その意味では聖痕などもそこに含まれる。いつまで経っても遺体が硬直せずに、生きているかのような温かさや肌のつやを保ち、芳香を放ったりすることがある。神の奇跡の証というわけだ。逆に凍りつくほど冷えて、異臭を放ちながら腐敗していくと、天国に直行するには値しない人物と見なされ、まずは煉獄での罪の償いを果たしてからということになる。

高貴な両王の都においても、フランシスコ会の聖職者フランシスコ・ソラーノ修道士や、ドミニコ会第三会員の在俗修道女だった聖ロサなど、過去にも事例はあった。だが、リマ市内のサン・フランシスコ修道院で門番・説教師をしていたクリストバル・パン・イ・アグア修道士が亡くなった際、彼にもたらされた聖なる証には誰もが驚嘆を禁じえなかった。

……彼の肌の色、顔色は生前とは別のものに変わっていた。褐色で著しいほど痩せていた体は死後、見違えるほど白くなり、骨と皮だけだったはずの両手もなぜか肉厚となり、象牙のような美しさを放った。この証言を記録している書記も、実際に故人の腕に触れてみたが、とても死人とは思えぬほど柔らかく温かかった。日ごろから寒がりで、いつも厚手の毛布や服をまとっていただけに、死後この状態にあることは驚嘆すべき神の御業ではないかと思われる……。

聖なる遺体に顔を近づけたフランシスコ会士らは、《何の匂いかはわからないが、ほのかに心地よい香りを放っていた》と証言する。遺体は《両腕両脚とも、まるで生きているかのよう》で、みな奇跡を前に歓喜の声を上げた。だが、違和感を覚えてふと目を凝らすと、故パン・イ・アグア修道士のもう一本の脚が、《死んでいるはずなのに生きている男のように》なっているではないか。

この奇跡を前に、全員で話しあう。ローマ皇帝ハドリアヌスに〝ファラリスの雄牛〟[†1]で炙られ、殉教した聖エウスタキウスの遺体は、三日経っても《衣服も頭髪も何ひとつ焼け焦げていなかった》。それにブルターニュの王子サン・ハドクの遺体は朽ちることがなく、四〇年ものあいだ《毎週土曜日にひげを剃り、髪を切り、手足の爪まで切らねばならなかった》というではないか。さらに、修道士のひとりが突然、悔悛した売春婦、聖女アフラの逸話を思い出したときには、一同が安堵し神に感謝した。神の御業によって、首を切られたアフラの下半身から流れ出た血が花に変わり、その後も《毎月のように女の部分から花びらが落ちつづけた》という。だとするとパン・イ・アグア修道士の男の部分も、やはり神を称える奇跡に違いない。

そう結論づけた敬虔なフランシスコ会士らは、クリストバル・パン・イ・アグア修道士の生涯と奇跡を認めてもらうべく、列聖請願手続きの準備を始める。故人の体が神の証であることを証明しようと、医療業務に携わる聖職者らが協力した。

同修道院御用達の床屋・外科医のロドリーゴ・デ・トーレス・エレーラが、診断結果を以下のように申告する。

---

†1　古代ギリシャで用いられた処刑装置。真鍮製の雄牛の内部に囚人を入れ、下で火を焚き炙り殺す。

……死後二四時間が経過した時点で診たが、故人の体は生きているがごとく健康で、証人の私は冷えきった自分の手を温めるのに故人の手を握ったほどだ。陰茎の直立に関しては、過去に多くの遺体と対面してきた外科医の観点から考えても医学的根拠は見当たらず、むしろ神の意志であると見なす。

そこへ現れたのが、名門サン・マルコス大学の権威である神学者、ドミニコ会士ルイス・デ・ビルバオ教授だ。彼はパン・イ・アグア修道士の遺体を丹念に検査したうえで、次のような判断を下した。

……神は過去にも、自分のしもべである聖職者たちを称えるべく、その者たちの肉体に奇跡のしるしを残したことがあるし、その事実は否定できない。私自身もこの手で遺体に触れ、故人の体がまるで生きているかのような状態であったのを確認している。体を揺すっても、座らせてみても、本当に生きているかと思ったほどだ。しかしながら人間の性質を考えた場合、上半身は神に仕え、下半身はどちらかと言えば罪に向かう傾向がある。したがってパン・イ・アグア修道士の陰茎については、すでに天の国へと召された故人の肉体に対し、悪魔が何らかの病毒をもたらした可能性が高い。直立状態は神の御業どころか、むしろ絞首刑やガローテ刑[†2]に処された罪人たちにありがちな、死してまでも神を冒瀆する行為を彷彿させる。以上、証言する。

最終的に受け入れられたのは、ラス・デスカルサス・デ・サン・ホセ女子修道院の院長、アナ・デ・ヘススの宣誓だった。彼女は十字を切ったうえで、次のように証言している。

……長年リマ王立聴訴《アウディエンシア》[†3]院の死刑囚に屍衣《しい》を着せ、埋葬している慈悲深き修道女の証言。彼女は自身の経験から、しばしば死刑執行後の囚人の男根が、欲望による硬直状態により神を冒瀆するのを心得ている。ただしその場合、男根は粗野なもので異臭を放つ例がほとんどだ。ところが善良なるクリストバル・パン・イ・アグア修道士の陰茎は、甘い香りを放ち、本来の色つやも弾力性も失われていなかったと述べる。証言者自身が何度も手で触れ、揺すったが、生きている男のものと変わりなかった。ゆえに、紛れもなく神の御業であると断言している。

†2　五七頁欄外注2参照。
†3　五五頁欄外注参照。

高名な女子修道院長のお墨つきを得て、歓喜に沸いたフランシスコ会士たちは、大事なことを訊きそびれてしまった。それは死刑囚と修道士のペニスの大きさについてだ。教会で説かれているように、ペニスの大きさと罪深さが必ずしも比例しないことが判明していたら、どれだけ多くのキリスト教徒たちが、肉欲の罪にさいなまれることなく、のびのびと暮らせていたことか。

教皇庁の列福列聖請願の条件を満たしたクリストバル・パン・イ・アグア修道士に対しては、ペルー副王領の首都リマにて厳かな教会葬がおこなわれた。実際にはそれよりも前に、すでに一聖人として葬られてはいたのだが。葬儀から三ヵ月後、棺の蓋を開けたフランシスコ会士らの目には、腐敗せぬまま横たわる修道士の遺体と、この世に永遠の炎を灯す大ろうそくのごとくそびえ立つペニスが映ったのだった。アーメン。

8 純潔を繕い、男の精液を集める女

彼女が作る極上の菓子

一六二五年、異端審問判決式《アウトダフェ》での罪人の行列に、悔悟服《サンベニート》ととんがり帽子の上に首縄をかけられ、片手にろうそくを握った四〇歳前後のムラータ[†1]、アナ・マリア・ペレスの姿があった。異端審問所の記録によると、彼女は《みずからを生まれながらの預言者だと装い、自分の息子も預言者であると公言し、奇跡の菓子を作り、権限なしに結婚の儀式をし、聖石の粉と篩で占いをし、日常的に天国および地獄を幻視し、処女の純潔を繕い、絞首刑の囚人や聖職者らの精液を集めた罪》などで起訴されている。

†1　五九頁欄外注4参照。

『魔女に与える鉄槌』と呼ばれる書物に記されたほとんどの罪に該当していたアナ・マリア・ペレス。《魔術に秀でた、異端の常習犯》と称されながらも、首都でも指折りの弁護人が二人ついていた。ひとりはドミニコ会士のペドロ・デ・ロアイサで、リマの聖ロサの聴罪司祭だった男。もうひとりは会計士のゴンサロ・デ・ラ・マサで、やはり聖ロサの指導教師・庇護者で、聖女は彼の家で亡くなっている。しかも偶然とはいえ、アナ・マリア・ペレスはデ・ラ・マサ家の料理人であったことから、ドミニコ会士のお気に入り悔悟者だったとも考えられる。

ゴンサロ・デ・ラ・マサは供述する。《アナ・マリアの断食中、神が彼女のもとにパンとマルメロの実を送り、それを使って菓子を作り、供え物として取っておくよう命じた。のちに彼女がその菓子を切り分けて病人に食べさせたところ、病気が治った》。これを聞いただけでも、アナ・マリア・ペレスが神の道具として生きていた事実がわかる。おそらくはそのためだろう、聴罪司祭だったドミニコ会士も、彼女を《偉大な聖女であると認めていた》。では、何が異端審問所の気に障ったのか？

まずは彼女が作る極上の菓子が要因だったと考えられる。調書によると悪魔の指示で作ったとされているが、当のアナ・マリア・ペレスは《誰が作ったのかと質された際、会計士ゴンサロ・デ・ラ・マサ宅の応接間に飾られたキリストだと答えた。さらに追及すると、彼女が部屋に足を踏み入れキリスト像を見るたび、そのキリスト像が「わたしのブラマンジェ[†2]はどうなっている？」と問いただした》と証言している。審問官らの拷問にさらされた被告は菓子の作り方を事細かに白状し、悪魔以上に甘いものに目がない書記官がその内容を記している。

……屠殺したばかりの雌鶏の胸肉を鍋でゆでる。それから肉を細かく刻み、片手鍋に移し、半クアルティーリョ（約四分の一リットル）の牛乳を加え、固まらぬようにかきまぜながら、粗挽きの小麦粉を一リブラ（約四六〇グラム）加え、固まりそうであれば牛乳を少量加えていく。泡立てる感じでかき混ぜていくのがコツ。最終的に五クアルティーリョ（約二リットル半）程度になるまで、その作業を続ける。それから砂糖を一リブラ（約四六〇グラム）もしくは七クアルテロン（約八〇五グラム）入れ、塩を少量加え、サン・ニコラスのパン[†3]を作る要領で、片手鍋を火にかざし、固まりだしたらよくかき混ぜ、あとは冷まして……。

---

†2　冷菓の一種。アーモンドを挽いて布で濾した液に、砂糖・香料・生クリームなどを加え、ゼラチンで固めたもの。肉が入ることもあった。

†3　一二月六日の聖ニコラスの日に作られる、聖人や子どもの姿をかたどったパン。

異端審問官は拷問台のハンドルを回しながら、さらに《六人前だと胸肉はどのぐらい必要か？》と問いつめる。それに対し、被告は素直に答える。《六人分となると、牛乳の量を増やしすぎないようにしないと。胸肉が貧弱な場合も、牛乳を減らして調整しないと、ブラマンジェはうまく固まらない》。異端審問官らは、被告が菓子の調理に主イエス・キリストの名を持ち出したことを悔恨したのを見届ける。次いで彼女に対し《自身が偉大な預言者である理由、息子が未来の聖人である理由を具体的に述べる》ようにと要求する。

……被告いわく、神は罪がはびこる都リマを壊滅させるべく、松明《たいまつ》を空から降らせるつもりであったが、被告とその他の女たちに免じて厄災は避けられた。別の機会にも、神はリマの街を大洪水にして滅ぼそうとしたが、そのときも被告に免じて思いとどまってくれた。モーロ人らがスペイン王に戦争を仕掛けることになったのも、神が強く望んだ和平を彼らが受け入れなかったのが原因であり、その後動揺したモーロ人らは、未来の聖人である被告の息子を殺そうと新大陸インディアスにやってくるところであったと……。

だが、たわごと以上に公明正大な異端審問官らの気分を害したのは、アナ・マリア・ペレスが

《純潔を繕い、夫婦生活の手ほどきまでしていた》ことだった。一時の火遊びで処女を失った良家の女性たちが、処女膜再生請負人アナ・マリア・ペレスのもとに通う。

……処女性の回復には、死んだばかりの動物の内臓を細工して女性器を繕うという。万全を期して初夜の指導もおこなっていた。ろうそくに火は灯さず、白の肌着を身につける。男のペニスが女性器に挿入されたときは、あたかも処女であるかのように痛がってみせる。そのうえで夫の目を恥部からそらせつつ、気づかれないようにあらかじめ小さな容器に用意していた赤い液体を肌着に垂らし……。

ペドロ・シルエロ師が記した『迷信と魔術の永罰』は、聖トマス・アクィナスの主張をもとにしている。そこには、罪深き夢を見る者たちの精液を集める魔女のことも出てくる。供述によればアナ・マリア・ペレスは、それ以上の厚顔ぶりと堕落した力を悪魔から授かったとされる。あろうことか彼女は、悪魔にそそのかされた聖職者たちの精液を集めていたというのだ。

……女は供述する。告解で諸々の罪、邪な思いを聴罪司祭に打ち明けると、激情に駆られた聴罪司祭に抱擁され、口づけされ、胸や下半身をまさぐられた。興奮した司祭に応じるかたちで、今度は女が男の修道服をまくり勃起したペニスをつかみ、それを口に含んで舌で味わい、射精させたうえで精液を保存した。被告によると精液にも適性があるとのことだ。博識な人物になるにはドミニコ会士の精液が、偉大な聖職者になるにはフランシスコ会士の精液が、やり手の商人になるにはテアティノ会士やイエズス会士の精液が最適であると説明する。それ以外の修道会については、なぜ効用がないのかは不明であり……。

悪魔との契約を交わし、魔法の薬、媚薬を調合したかどで、手かせ・足かせや鞭打ちの処罰を受けたアナ・マリア・ペレスだが、ジョセフ・デ・ムガブルの『リマ日記』には、一六五三年に《聖人の誉れ高い》あるムラータが死亡したと記されている。おそらくは後世にクリオーリョの味を残して悔悟した、腕利きの調理人、いまだに聖ロサの純粋なイメージで罪を覆い隠している都リマの崩壊を予言した女性を指しているのだろう。

9　不道徳な夢想家

にせ王子の妄想

聖パウロが《神の愚かさは人よりも賢く》と述べるのも、もっともなことだ。偉大なるイエズス会士バルタサル・グラシアンも《愚かなことをするのが愚者ではない、愚行を隠しきれないのが愚者である》と言っている。神に背きつづける異端行為以上に愚かなものはない。そのように仮定して、では正真正銘の愚者が愚行を犯した場合にはどうなってしまうのか？　大都市リマに暮らす無数の冒瀆者や悪魔憑き、黒魔術師、プロテスタント教徒、男色家、ユダヤ教信奉者のなかに、精神面の欠陥を抱えた者が混じっていた場合、どうやって見分けるのだろうか？

セビリアの高貴な家柄出身のフアン・イグナシオ・デ・アティエンサ。サン・アンドレス精神病院の元患者だった彼が、猜疑心の塊である聴罪司祭から訴えられたのは一六五三年のことだ。

《邪説や忌まわしき戯言、狂気に満ちた言葉が記された》男のノートを、聴罪司祭が正義の異端審問官たちに手渡したのがきっかけだ。

問題のノートを分析すると、被告の人物像が浮き彫りになる。

……記述によると、男はフェリペ四世国王陛下の長子、王位継承者であるとのことだ。国王陛下は継承者を確保すべく、さまざまな女性とのあいだに子をもうけたという。陛下は聖書を片手に、教皇並みの敬虔な姿勢を貫いているゆえ、内縁関係についても罪だとは考えていないという話だ。多数の女とのあいだに子をもうけた件は、すべて〝夜ごとの夢想〟と称する実に精巧な方法によるもので、通常の性交なしでも妊娠が可能であるとの説明で……。

詭弁を弄する被告に対し、警戒心を覚えた審問官らは、性交なしで妊娠する奇妙な方法について執拗に問いただす。皇太子殿下は、動じるそぶりも見せずに応じる。

……被告の説明では、感情面で熱い性質を持つ女と冷静な魂の男、相性としてはこの組み合わせが理想的である。これは胃が食べ物を欲するごとく、女性の子宮も生殖力の強い精子を欲するという原理だとのことだ。胃腸の粘膜が栄養素を吸収するのと同じように、女の毛穴は生殖力の強い精子を吸収する。その場合、従来の性交なしでも、つまり近づいただけでも女の子宮に好結果がもたらされると……。

学識豊かな審問官らは、ガレノスやザカリアス、聖パウロ、アヴィセンナ、スコラ学者たちの説を引用しながら被告を論破する。ペニスが女性器にまともに挿入されない状態で妊娠などあるはずがない。だが、いくら異端審問官らが主張しても、アティエンサは涼しい顔で《相性さえよければ、女の子宮は望んだ精液を引き寄せ、吸収できる》と繰り返す。神のしもべたる異端審問官は屈せずに反論する。男の放った精子が女性器に残っても、短時間で死んでしまうか、あるいは魂が枯れ果て、完全に生殖能力は失われるものだ。それでも被告は執拗に《そんなことはない。互いのなかに徳が保たれていれば、たとえ一瞬であっても引き寄せあい、妊娠することもある》と主張する。詭弁を弄する男はみずからの申し立てを擁護しようと、一六四三年リマをにぎわせた一件を持ちだした。

……日ごろから父親と同じベッドで寝ていた少女が不可思議にも妊娠した。当然ながら少女は純潔のままで、処女膜も破られていない。夜間に父親が夢精し、少女の子宮が知らぬ間にそれを受け入れたためだ。貞潔が失われていないゆえ、性交した形跡も残っていない。二人が気づかぬうちに精子と卵子が引き寄せあった結果……。

堪忍袋の緒が切れる寸前の異端審問官が、被告を問いつめる。そこまで言い張るのなら、国王陛下がいかにして貴君を含め、ご子息らをもうけたのか。しかも誰が母親であるかもわからずにできたのか。そのあたりをくわしく聞かせてほしい。神をも恐れぬ被告人は答える。《実に簡単なことだ。生殖力旺盛な国王は節制しているふうを装いながらも、訪問先で女たちが寝るシーツに自分の精液を仕込んでおいたのだ》。異端審問官から、偉大なる陛下がどのように貴君をわが子と認知したのか、と問われても、被告は《それは前にも述べたやり方で》と述べるばかり。それにしても、なぜ〝夜ごとの夢想〟の結果なのか？

……聖母マリアが夢のなかで、主イエス・キリストの受胎を告知された場面と同じだ。その間、父なる神の精液が霊的なかたちで母胎に入り込んだのであり……。

ファン・イグナシオ・デ・アティエンサは幾度となく過酷な拷問にさらされた。アラゴンの神学者で異端審問所の長官だったニコラス・アイメリク著『異端審問官の手引き書』（一三七六年）によれば、狂人を装っているかどうかは拷問によってのみ見破れるとされている。相手が本物の狂人であれば拷問しても支障はない。たとえ被告が死んだところで、神の名のもとに狂人がひとり消えたにすぎない。大審問官トルケマダもそう主張しているではないか。

だが、来る日も来る日も責め苦を味わい、苦悩の叫び声を上げても、ファン・イグナシオのたわごとがやむことはなかった。数ヵ月が経過し、思慮深き審問官たちは被告を、《正真正銘の愚者、狂人》の可能性ありとの判断を下し、無数の忠告を添えたうえで祝福とともにサン・アンドレス病院に戻した。

異端審問所にはその後、分析目的で医師たちが召集された。医師たちは被告の奇行・詭弁を《抑鬱症によるもの》と診断したが、彼がしきりに主張していた〝夜ごとの夢想〟については、異端審問官の誰ひとりとして、関心を示さなかったという。

10　すべての女性に囲まれた者は幸いであった

ボッカチオを愛読するカルメル会士

信者らの信仰心を強固にし、異教徒らの改宗を促す目的で、神はまれに忠実なしもべを試練にさらすことがある。しばしば公正な異端審問官たちを憤慨させ、手こずらせる人物が現れるのもそのためだ。筋金入りの罪人が、リマ異端審問所の地下牢に入れられることになった。モデナ、ボローニャ、フェラーラ、ローマ、ジュネーブ、バイエルン、テューリンゲン、パリなどでキリスト教徒を混乱させてきた男が、ペルー副王領の敬虔な町プーノでついに逮捕された。そのニュースを知ったヨーロッパじゅうの宮廷やカトリック教会はさぞかし嫉妬に狂ったことであろう。

それまでにも異端とされたルター派やカルヴァン派の信者たちが、リマの異端審問官らに散々懲らしめられていた。イングランドの海賊ジョン・ホーキンス、外科医のベノクラ、商人のファン・モンタニェスなどもそこに含まれる。彼らのなかには、忌まわしい国の出身だとの理由だけで逮捕された者もいる。しかし、本章の主役セサル・パサニ・ベンティヴォリ修道士ほど異端審問官らを仰天させた例は珍しい。にせ医者、恐れを知らぬ冒瀆者、地獄の使者、姦淫の確信犯と見なされる人物だ。

彼の容赦なき冒瀆は、聖母マリアに対してもなされている。《聖母マリアは出産後、多くの女と同様に月の障りを患った》と言い切ったうえで、イエスの母親よりも聖ヨセフがしてきた犠牲行為のほうがはるかに尊いとも主張した。それに対し異端審問官らも反駁する。神のしもべたる聖職者も聖ヨセフに倣《なら》って、肉欲や享楽を断っているではないか？　ところが被告は平然と、貞潔の誓いなど何の役にも立たないと言明し、《姦淫程度ならさほどの罪には当たらない》と述べる。たしかに神の目から見ても、嫌悪すべき別の例がはびこっている。彼の提起にも一理あると考える異端審問官もいた。

被告の口を借りて持論を展開する悪魔——少なくとも異端審問官らはそのように見なしていた——は《母親以外ならいかなる女との姦淫も許される》とまで言ってのけ、さすがの異端審問官も呆気にとられた。セサル・パサニ修道士の罪は神への冒瀆ばかりではない。聖職者の身でありながら数々の放埒ぶり、好色ぶりを発揮し、恥じるそぶりなど微塵もない。

被告は堂々と、自分が姦淫者であることを自慢していたという。被告をよく知る者の弁によれば、彼のあまりの放埒さに憤慨し、いっそ男のペニスを奪い取ってほしいと神に向かって唱えたところ、あろうことか被告は「それなら命か両腕を奪われたほうがましだ」と答えたと……。

いずれにせよ、聖職者であるうえ、もぐりで診療もしていた彼であるが、同時に《女を口説くのに精を出していた》ことも認めている。《女たちをたぶらかすのに》日ごろから夢や前兆を解釈し、《女たちと性交渉をするために》、恋愛詩や物語を創作していた。

なぜ神に慈悲を請わぬのか、と問いただした異端審問官に対し、被告が厚顔無恥にも答えるには、まずは存分に女を楽しんでから神に慈悲を求めるつもりであると。被告自身の言葉によれば、プーノの町では三六〇人もの女と交渉を持ったとのことだ。ミサをとりおこなう際もキリスト像を見上げ、《神よ、名器を備えた女を寄こしたまえ……》と請うのが常態化していた。名器とはもちろん、女性器のことであり……。

男の供述を聞いた聖なる異端審問官たちは、三六〇人という数字を今一度考える。計算すると一年のうち神を称える日はわずか五日ではないか。しかもこの罪人たるカルメル会士の言葉どおりであれば、日曜日ばかりか祝祭日にも姦淫していたことになる。聖職者は本来、何ごとにも優先して神を敬うべきなのにもかかわらずだ。

被告は女への執着の理由と、詐欺の手口について問われ、《自分はマキャヴェッリの甥でボッカチオの熱心な愛読者である》と答えた。つまり二人からの影響が大きいというのだ。その証拠として、《教皇ピウス五世がフィレンツェ大公のために印刷を許可した偉大なるボッカチオの著作》とトスカーナ語で書かれた書物を示す。当然そこには異端審問官らが目を覆いたくなるような聖職者の腐敗ぶりや男女の情事がふんだんに盛り込まれていた。書物を手にしたまま異端審問官らが被告を戒めていたところ、ページのあいだから《フィリピンの聴訴官たちが送る書簡のように折りたたまれた》一枚の書類が落ちた。それを拾いあげた異端審問官は、中身を読むなり恐怖で身を凍らせた。

《本契約書を手にした者たちに告げる。偉大なる魔王ルシファーは、サタン、ベルゼブブ、レヴィアタン、エリミ、アスタロト、その他とともに、本日セサル・パサニ修道士との同盟契約を結んだことをここに記す。これによりわれわれはセサル氏に、あまたの女たちとの愛欲、乙女の純潔、修道女の貞節、世俗の名誉、快楽、富を与えることを約束する。氏は三日ごとに姦淫をし、歓喜に酔いしれるであろう。それと引き換えに年一回、氏はみずからの血で署名し、われわれとの契約を更新する。神聖なるカトリック教会の聖体を足で踏みつつ、われわれを称える祈りを唱えるのだ。本契約により、氏には人間界での幸福な二〇年が保証され、その後は、われわれの一員となり、ともに神をののしることになる。

本契約書は、悪魔の評議会において、一六六六年六月六日午前六時に締結された。証人はルシファー、ベルゼブブ、サタン、エリミ、レヴィアタン、アスタロト。

（魔王ならびに地獄の諸王の身分証番号、署名、花押）

秘書バルベリート（署名および花押）》

不吉な契約書を読み終えた異端審問官らは、被告に向かい十字を切った。堕落した修道士の魂が、すでに悪魔の手に落ちているのを悟ったからだ。千と六六六年、六月六日六時、これほど悪魔とのつながりを物語るものがあるだろうか？　それにしても秘書と称する《バルベリート》とは何者だろう。バルベロ（理髪師）と関わりがある人物なのか？

すでに被告が悪魔と契約を交わしていると判明したことで、情け容赦ない拷問が加えられる。いずれもニコラス・アイメリクとフランシスコ・ペーニャによる異端審問のマニュアルに則ったものだ。セサル・パサニは即座に悪魔信仰を放棄し、異端審問官らに慈悲を求める。まずは《弱い心の人間ゆえ、ルター派の罪は犯したかもしれぬ》と認め、《「姦淫程度ならさほどの罪には当たらない」と述べたのは、「男色に比べれば小さな罪である」と言いたかっただけだ》と弁解をした。そのうえで悪魔との契約については《たしかに契約は交わしたが、願いがかなったらいずれ告解をし、再び神の信仰に戻るつもりであった》と主張した。

最終的に異端審問官たちは、ルター派の教えを信奉した異端の罪と、神聖な聖餐を愚弄した罪、悪魔を召喚した罪で彼を訴えた。異端審問判決式《アウトダフェ》の罪人の行列には、黄色い悔悟服《サンベニート》姿のセサル・パサニ修道士の姿があった。Xの字の半分が赤で記された服を着て、ろうそくを手に、はだしで歩いている。公衆の前で声高にみずからの過ちを認めた彼は、セビリアの異端審問最高会議で再度裁きを受けるため、スペインに移送された。

セサル・パサニの国外追放処分の知らせに、ペルー副王領内のキリスト教徒は歓声を上げたが、プーノの町だけは例外だった。カルメル会士との追憶に浸る三六〇人の女性たちが、『デカメロン』を読み聞かせてくれた男の末路に思いを馳せながら身悶えしたという。

11 リマ生まれのエバ
起こらなかった大地震における唯一の生存者

含蓄に富んだ著作『隠棲者、とりわけ神に仕える者たちへの戒告』（一五八五年）で、碩学の人ディエゴ・ペレス・デ・バルディビア師が明確に述べている。主イエス・キリストに愛される敬虔な平修女は、生涯貞潔を保ち処女のままであるべきだと。また《たとえ修道誓願を立てて正式な修道女にならずとも、日ごろから男の目にさらされているのを承知のうえで、キリストを信奉する者にふさわしい身なりや生活習慣を保つべきである》とつけ加えている。その論理を踏まえながら、クアルテロナ[†1]の平修女アンヘラ・デ・オリビトスの例を考えてみたい。彼女は好き勝手

†1　先住民あるいは黒人の血が四分の一混ざった混血女性。男性はクアルテロン。

な恰好をして、美食に走っていたばかりか、みずからを《新人類のエバ、原罪を免れた女》と称していた。そんな女性が、真の平修女だと言えるだろうか？

アンヘラ・デ・オリビトス・イ・エスキベル（26）は、物心がついた六歳のころから、自分の守護天使たち二名が、いつも一緒にいるのが見えていたと供述する。そのことを確認すべく異端審問官のひとりが、今ここにいるのかと尋ねたところ、彼らは今、独居房に残ってロザリオの祈りを唱えているのだと答えた。また、以前聖トマスが額に十字を印してくれてからというもの、自分はあらゆる誘惑から解放されているとも言っている。

何ゆえ彼女が《新人類のエバ》なのかというと、来たる大地震で聖都リマが崩壊する際、彼女はリマの既婚男性のなかから選んだひとりとともに生き延び、神を本心から敬う新人類の祖となると予言しているからだ。たしかに俗世間の誘惑とは無縁の人間でなければ、敬虔なリマ市民が信じるはずがない。それについては異端審問官らも素直に認めている。問題は彼女のもとに走る既婚男性があとを絶たず、社会に混乱が生じていることだ。しかも異端審問所がそれらの男たちを尋問したところ、その多くが地震を生き延びることよりも、彼女との子作りに並々ならぬ関心を寄せているではないか。

……被告アンヘラ・デ・オリビトスの呼びかけに応じた男たちは、愚鈍かつ淫欲な者たちばかりであり、妻子持ちであるにもかかわらず、みながみな、候補に選ばれたがっていた。それについて異端審問所は承服しかねる。功徳の鑑となる新たな種族の種つけ役は、罪深き者たちではなく高潔な者たち、すなわち貞潔の誓いを保ちつづける聖職者が担うべきである。大規模災害など非常時には、教会法からの特別免除の余地もある。少なくともわざわざ既婚の男たちを召集し、そのなかから選ぶ必要はないというのが……。

それにしても、なぜアンヘラ・デ・オリビトスとのあいだに新人類をもうけたがる男が殺到したのか？　しかも世俗の者ばかりか、相当数の聖職者までが名乗りを上げていたというではないか。おそらくは悪魔の誘惑によって多くの男たちが、彼女が敬虔な平修女だと思い込まされていたのだろう。偉大なるバルディビア師が著作で称えた聖女のようにだ。もっとも、神の采配が作用したのか、学識高き異端審問官らはすんでのところで彼女の本性を暴きだした。

何よりも容疑者アンヘラ・デ・オリビトスの姿は、敬虔な平修女、苦行の友とは著しくかけ離れている。その豊満すぎる体つきから察するに、とても新世界のエバを担う人物とは思えない。そうなると考えられるのは、単に男たちを誘惑するのが目的であったと思われる。

一六九三年の異端審問判決式《アウトダフェ》での行列後、アンヘラ・デ・オリビトスはリマ市内の女子修道院に幽閉される。その後、聖なるカトリック両王の都リマで地震が起こるたび、万が一に備えて街じゅうから、聖職者や既婚の男たちが彼女の独居房を目指し駆けていったという噂である。

12　神から逃げた男

逃亡者たちの地にたどり着いた脱出名人

国際色豊かなアヤクチョ県パリナコチャス郡。その地を治める王室代理官代理人《コレヒドール》フランシスコ・ロペス・デ・ラ・クエバが、地元の先住民《インディオ》系住民たちをだました罪でガローテ刑[†1]に処されることになった。彼の首に環がかけられた瞬間、被告人の懐から肉筆書簡が落ちたことで一同は驚愕する。

《この手紙を読む者に告げる。現在パリナコチャスの王室代理官代理人である私、フランシスコ・

†1　五七頁欄外注2参照。

ロペス・デ・ラ・クエバは聖なる十字架にかけて誓う。私の本名はフランシスコ・ロペス・ランサス、元は聖アウグスチノ会の誓願修道士で、サン・フアン・デ・ディオス医療修道会の修道士として、スペイン・コルドバ市のサン・ラザロ病院に派遣された。人々には奇異に映るであろうが、各地の裁判所で裁かれずにここまで来たため、こうなった。今ここで私が犯した罪を告白するのが最後の願いだ。と同時に、できることなら敬愛する聖ドミニコ会の修道服で埋葬してもらいたい。主は与え、奪うが、つねに慈愛に満ちている》。

フランシスコ・ロペス・ランサスが救いようのない聖職者である事実。その真相が暴かれるよう、聖母マリアが道を敷いてくれたのだろう。新大陸に渡った彼は、最終的にパリナコチャス郡の先住民らの不興を買って、《フィレンツェやコンスタンティノープル、アビニョンと同様、その者を首刺しの刑に処し、亡骸を野生の害獣に食べさせるべきだ》とののしられることになった。

一六六二年八月、異端審問所の監獄に収監された彼は、拷問も待たずにみずから告白した。《幼少時代、父親に強制されて修道士となったが、スペイン・コルドバ市での訴訟の際にはそのことが有利に働いた》という。無限の慈愛に満ちた神は、極刑を免れた彼に対し、コルドバ市内のメルセー修道院で観想生活を送るチャンスを与えた。ところが男はすぐにそこから脱走し、新大陸インディアス行きの船に乗る。

南米大陸に渡り、キト市に到着した被告はその後、母方の名字を名乗り、今は故人となったブランカ・デ・グスマンと結婚する。亡き妻とのあいだには娘がひとりいるが、彼女は現在、エンカルナシオン修道院の修練女となっている。今から六年ほど前、キトの地でパリナコチャス郡の王室代理官代理人の職を申請し、移り住んでまもなくヘロニマ・デ・オロスコと結婚。本人の言葉を借りれば、十字架に誓って言うが、自分が修道士であることは誰にも話したことがない。そもそも誰ひとりとして尋ねてこなかったからだ。それゆえこの件に関しては、嘘もついていなければ神への冒瀆にも当たらない。誰にも矛盾は述べておらず、主イエス・キリストの心と知性は幾世紀にもわたり理解を示しているはずだ、と主張する。

異端審問官たちは被告の供述を詳細に分析しようとしたが、男の矛盾や疑問を議論する時間はなかった。あろうことかフランシスコ・ロペス・ランサスは、《弓から放たれた矢のごとく》異端審問所を脱走したのだ。彼の名の〝ロペス〟よりも〝ランサス（槍）〟のほうが勝ったという何よりの証拠だろう。

異端審問所内の堅牢な独房を抜け出して中庭に降り、鉄柵にこすりつけて手足の鉄かせをはずす。身軽になったところで高い塀をよじ登り、屋根を伝って外に出る。広大な農園を突っ切った末にカジャオの港までたどり着くが、そこで逮捕され、二〇〇回の鞭打ち刑を受ける。脱獄の罪も加わった男には国外追放の判決が下り、故郷コルドバのメルセー修道院への送還・幽閉が決まる。次のスペイン王国行きの船で護送されることになり、出発までのあいだ、リマのサン・フアン・デ・ディオス病院に拘留されていた……はずだったが、またもやフランシスコ・ロペス・ランサスは脱走した。

数々の容疑で訴えられた彼は、一般の裁判所や異端審問所はもとより、スペインの警察組織・神聖兄弟団《サンタ・エルマンダー》にまで追われる身となったが、どうにか切り抜けオルーロ（現ボリビア）の地に落ち着き、そこで結婚する。その数年後にはブエノスアイレスでまた結婚するが、再び逮捕される。ブエノスアイレスからリマへの移送途中、フランシスコ・ロペス・ランサスはまたもや、乗船していたキャラック船から逃げたが、カジャオ港で発見されたときには血だらけで瀕死の状態だったという。

囚人の脱走を予測した異端審問官たちは、彼を裸のまま、手かせ・足かせ状態で汚水まみれの地下牢に閉じこめた。ところがコルドバ出身の脱出名人は、《人間の能力や技術を超えているとしか思えぬ何らかの方法で、扉を焼いた》うえ、みごとに脱走した。驚愕する異端審問所の役人たち。頑強な鉄扉の内側には、罪人の肉体とそこから流れる血と尿しかなかったはずだ。そんな穴倉でどうすれば火を放てるのか？　悪魔の業以外には考えられないではないか。

フランシスコ・ロペス・ランサスは《新大陸全土およびヨーロッパ、大洋地域に至るまで》指名手配されたが、その後の消息は不明である。異端審問官らは彼が《人々からではなく、神から逃げていた》と見なしている。

13 神の集金係

ビジネスの元手としてのお布施

信者からの十分の一税や収穫物、故人の遺産、慈善事業からの収益や寄付金などを管理できる有能な聖職者がいなければ、神聖なるカトリック教会は破産してしまうだろう。主イエス・キリストにとっては、人々の信仰心を強固にしてくれる献身的な伝道師と同様、神の資産を増やし適切に管理する聖職者も愛すべき者たちに違いない。本章の主役アントニオ・デ・サン・ヘルマン修道士は後者に当たり、悪魔の気まぐれさえなければ、フランシスコ会切っての管財人として、その非凡な才能を十二分に発揮していたと思われる。

寡黙で驕ることのない、悔悟した聖者のごとき痩身の修道士アントニオ・デ・サン・ヘルマンは、神秘の都リマの各教会をめぐって、寄付金箱の金を回収してまわった。彼が集めた金額は他の修道会と比べても突出しており、それを元手にフランシスコ会では、のちに大修道院を建設したほどだ。聖フアン・マシアス[†1]の奇跡のコメの逸話ではないが、アントニオ修道士が扱う寄付金箱の貨幣はなぜか増えていくことから、巷では彼を〝神の集金係〟と呼んでいた。だが教会の影響で、パンをはじめとする食べ物が祝福される一方、こと金に関してはサタンの商売だと見なされる傾向が強い。そのため人々は、集金係は神に属するものだと認めても、集めた金については、アントニオ・デ・サン・ヘルマンの責任だと判断した。

中央広場に面した店の店主、ペドロ・サンチェスが異端審問所に出頭し訴えたところによると、アントニオ・デ・サン・ヘルマン修道士は詐欺師であり、にせ預言者であるという。店主サンチェスの証言では、サン・ヘルマン修道士が店の共同経営者グレゴリオ・デ・サアベドラから二〇〇ペソをだまし取った。修道士は故人となったサアベドラの母親を、死後四ヵ月経ってようやく煉獄から救いだし、智天使《ケルビム》たちのもとに送り届けてやったと言い張っている。しかしサンチェスも以前、母親が亡くなった際に、同じ手口で金を巻き上げられた経験があるとのことだ。

店主ペドロ・サンチェスの告発は、異端審問所内で思いがけぬ神学論争を引き起こした。修道士の行為にいかなる罪があるのか、誰ひとりとして明確に説明できない。教皇印なしの免罪符を売ることや、天国の席を世俗の劇場のごとく扱って金を受け取ることに、何か問題があるのか？

その後、さらに信頼に足る証人が一五名以上も現れたことで、不利な状況に立たされたアントニオ・デ・サン・ヘルマンは、《煉獄をさまよう霊魂たちが毎晩のように自分のもとにやってきて、どうにかしてほしいと訴えた》からだと主張し自己弁護をする。ところが異端審問所が彼の独居房を捜索したところ、出てきたのは聖職者必携の苦行衣《シリス》でもなければ鞭でもない。ルイス・デ・グラナダ師の名著『罪人の手引き』でもなければファアン・デ・アビラ師の著作でもない。ドゥカート金貨やドブロン金貨、レアル銀貨やマラベディ銀貨、ペソ硬貨、宝石類ばかりが見つかった。容疑者は《すべてはインカ皇帝アタワルパの救出金返済のため》だったと主張したものの、〝神

†1　聖フアン・マシアス（一五八五‐一六四五）はスペイン出身でリマで布教した修道士。聖マルティン・デ・ポーレスの親友で、聖ロサとも同時代人だった。副王や貴族の相談役を担う傍ら、下層民の味方でもあり、生前から奇跡の逸話に事欠かなかった。一七六三年列福、一九七五年列聖。「奇跡のコメの逸話」は一九四九年、スペイン・エストレマドゥーラで起きたとされる出来事。貧者に食事を提供していた女が、コメが底を突きかけている現状を嘆き、聖フアン・マシアス（当時は福者）に祈った。すると、少量のコメしか入っていなかったはずの火にかけた大鍋が、いつのまにかコメで満たされている。そこで他の女たちの手も借りて別の鍋に半分を分け入れたところ、どちらの鍋も再びコメで満たされたという。

の集金係〟の秘密の帳簿が出てきたことで分が悪くなる。何しろそこには、各種料金および債務者名簿と、その内訳までもが詳細に記されていたのだから。

容疑者アントニオ・デ・サン・ヘルマン（フランシスコ会修道士、ナポリ出身）が半ば脅すかたちで、地元信者に金銭を要求していたのは、当異端審問所としても誠に遺憾である。しかも、故人となった近親者を煉獄から救い出し、天国に連れていくという名目でこの行為に及んでいたとなると悪質極まりない。今後の尋問次第で変わることも考えられるが、少なくとも現時点で被告所有の帳簿から推測する限り、被告が天国の席のために要求した価格は次のようになっている。熾天使《セラフィム》集団の席は一〇〇ペソ、預言者集団の席は一五〇ペソ、殉教者集団の席は二〇〇ペソ、聖母マリアの隣席は三〇〇ペソ、父なる神の右側に一日座る資格は四〇〇ペソとなっている。

異端の罪で処罰されかねないと悟ったアントニオ・デ・サン・ヘルマンは、事態の深刻さを踏まえ、それまでの証言を撤回する。すべては救いを求めて自分のもとにやってくる女たちを言いくるめ、その後《彼女たちとの肉欲行為に及ぶための》口実であったと自白する。突然方向転換した被告の証言の真偽はともかく、事件の捜査・審理に当たっていた異端審問所の面々は安堵したようだ。本人の証言どおりであれば、彼は異端者でも強欲者でもなく、単なる肉欲を抑えられぬ一修道士、一罪人にすぎない。つまりは罪を犯した他の聖職者と変わらないということだ。

一六七三年、首都リマからアレキパへの追放処分となったアントニオ・デ・サン・ヘルマン。彼が管理していた寄付金箱からの収益は、フランシスコ会の大修道院を建設しても尽きず、身寄りのない女性用施設の建設資金に充ててもまだ余った。人々のあいだでは、その後〝神の集金係〟以上に収益を上げられる人物は現れなかった、と語りつがれている。

14 平常服《スータン》の耐えがたい悦び

重婚を続けたにせ神父

全知全能の神を不快にさせるもののひとつが、聖職者へのなりすましだ。にせ神父がいたずらにミサをおこない、告解の場を利用して尻軽なご婦人がたを誘惑してはたまらない。そうなると本物の聖職者には、完璧なまでに信心深い女性信者だけが残されることになる。本来は主イエス・キリストの真の信仰を受け継いだしもべにこそ、罪深き女性があてがわれるべきなのに。そんな背景もあり、《聖職者用の平常服《スータン》、ローマンカラー、長マントに剃髪姿《トンスラ》の》ラバ追い、マティアス・アイマル・デ・モラレスが捕吏の手に落ち、投獄されたとの知らせに、聖職者たちは歓喜の声を上げた。

神への冒瀆、神父を装った罪で拷問にさらされたマティアス・アイマルは、重婚者であることを自供し、《一時の気晴らし程度の快楽を除いて》五回結婚している事実を認めた。異端審問官らは常軌を逸した告白に呆気にとられつつも、つい入念にメモを取る。ラバ追いのにせ神父はウアンカベリカではフアナ・デルガドと、クスコではトマサ・デ・ラ・マサと、トゥクマンではグレゴリア・アリアス・デ・ベラスコと、チャンカイではイシドラ・フェルナンデス・デ・コルドバと、カマナではドミンガ・バエルとそれぞれ結婚していた。それにしてもこの男、マティアス・アイマルはそれほどまでに惚れっぽい性質《たち》なのか？　女性を口説き落とす秘訣は何なのか？　ラバの扱いを心得ているからか？　それとも聴罪司祭を装っていることでか？

被告はミサや聖体拝領をおこなったのかとの問いに対し、ミサはしていないが、にせ神父であることがばれぬように「使徒言行録」の朗読をしていたと答える。すると決まって婦人たちが告解に訪れ、みずからが抱える欲望の念や罪の意識を告白してくれるのだという。被告はその機会を利用して女たちをほめそやし、口説きはじめる。ラバを追い、飼いならしてきただけの男にとって、神父を装うだけで次から次へと女が寄ってきたのは、まさしく神の采配によるものだと……。

にせ神父たるラバ追いが口にした意外な新事実を前に、異端審問官らは重婚についても神への冒瀆についても、神父へのなりすましについても、さらには暗黙あるいは公然の悪魔との取引についても問うのをやめた。異端審問官らの関心は《婦人たちが聖職者一般に多大な好意を抱いているのは本当か》の一点に向けられる。

聖職者に対する好意について問われた被告は、自分の経験からも間違いないと答えた。女たちは王室の役人や執行官、商人よりも、告解をした相手に身をゆだねる傾向がある。それゆえにメルセス会士の修道服をまとって姦淫の罪を犯してきたという。しかしながら、これがもしもイエズス会やドミニコ会の修道服であったら、犯した罪の数はさらに増していたに違いないとも説明する。両者は婦人たちが一番熱を上げる修道会だとのことである。神父が敵では騎士も闘牛士もかなわない、という噂は本当だった。

被告は一六九三年の異端審問判決式《アウトダフェ》で、神への冒瀆と重婚の罪により行列にさらされた。異端審問所はマティアス・アイマルの五度の結婚を、無効にしない決定を下した。《被告の過去の結婚を無効になどしたら、今度は本気で聖職者への叙階を目指しかねない》との理由からだ。何しろ神父になりすまして無数の女を弄《もてあそ》んだ人間だ。そんな男に本物の神父になるチャンスなど与えぬほうがいい。恐れを抱く修道士らがそのように考えたとしても無理もない。

15 アリストテレスの裁判

自然主義者でセンチメンタルな離教者

全知全能の神は、不信心者らを忘却の沼に沈め、多大な信仰心をもって異教の詭弁家らの過ちを悟らせ目を見開かせる。聖アウグスティヌスが出現しなければ、今ごろプラトンはどうなっていたか？　〝天使的博士〟聖トマス・アクィナスが登場しなければ、現在アリストテレスはいかなる地位にあっただろう？　ところが何かにつけて神を模倣したがる悪魔は、己の慢心を満たすべく多数の自然主義者らを生みだした。その結果、アリウス派やアレクサンドリア学派、アヴェロエスの後継者たちが世界じゅうに散らばることになった。キリスト教国が回虫を下剤で放逐するかのごとく、ようやく神殿内から商人を追いだしたと思っていたころ、リマの異端審問所では、クリスティナ派という離教派の芽を摘んでいた。

離教派の創設者、ニコラス・レグラス・バンディエルはフランスから渡来した聖職者で、副王サンティステバン伯爵の侍医、また副王のご子息の家庭教師も務めていた人物だが、《神聖なるカトリック信仰に背いて自然法を信奉し、神はみずからが創造した自然そのものであり、そこに宿っていると主張した》罪で裁かれた。

彼を訴えた者たちの証言によると、被告はフランスで《賢者の石の製造を試みる悪癖を持つ人物》だったうえ、過去にジュネーブで結婚しているにもかかわらず、リマでも金持ちの未亡人との結婚を試みたとのことだ。だが異端審問官たちにとって何よりも忌まわしいのは、彼が執拗な異端思想家であったことであり、多くの者が彼を離教者だと見なしていた。

カルヴァンは偉大な人物ではあったが、オランダやジュネーブのような共和国を築けなかったのが過ちだ。一方のローマ・カトリック教徒もそれ以外の者も本筋では正しくないと言える。この世には天国も地獄もなく、自然の事物に存在する神しかない。自然のなかにすべてが宿っているとも言い換えられる。したがって、人が死ぬとその者の魂も死に絶えるか、あるいは自然に還って永遠にとどまりつづける……。

男の主張を耳にした異端審問官らは憤慨し、前言を撤回するよう求める。そのうえで、神が人間に諸々の戒律を与えたのは、ひとえに人間が動物のような罪や悪癖に陥らぬため、裸で歩きまわって交わるような分別なき行為をせぬためであると反論した。それに対し、被告は大胆にも《男女が交わるのを阻む必要はない。神はまさにその目的で自然を創りだしたのであって、当然男に与えたペニスもそのためにある》と、あからさまに淫らな言葉を口にした。善良な異端審問官らが福音書にそぐわぬ言葉を使わぬよう指摘したところ、バンディエル医師は次のように答える。

……福音に基づく戒律は当初、今のような厳格なものではなかった。ところが何ごとにも批判的な見方をする聖パウロが、修道女や修道士に対して性行為を禁じたことで……。

あまりの邪説を前に異端審問官たちは、聖職者でありながら、完璧かつ真理である神の掟を放棄するとは何ごとか、と厳しく非難する。それに対する背教者の弁は《戒律という点では、ムハンマドのものが一番ましだと思う。六人まで妻を認めているのと、姦淫を罪ではなくつばを吐くことや糞尿の排泄と同様の、ごく自然な行為と認めているのだから、われわれも見習うべきである》というものだった。神と聖書の名のもとに、再度異端めいた発言を撤回せよと強要する異端審問官らを尻目に、おそらくは悪魔にそそのかされたであろうバンディエルが述べる。

アダムはおろか大洪水も、死者のよみがえりも、悪魔も魔女も、現実には存在しない。キリストは神ではなかったし、聖体《ホスチア》†1にキリストが宿っているわけでもない。聖母マリアが処女だったというのも、ラザロがよみがえった逸話もまったくのでたらめだ。キリスト降誕の際、東方の賢者たちを導いたというベツレヘムの星も、単なる彗星にすぎず、司教やキリスト教徒らが勝手に作りだした……。

過去にローマ教皇の大勅書を軽んじ、人間による裁きを一切拒み、肉欲に溺れるばかりかその行為を正当化し、地獄の火炙りに処されたワルドー派と同じ過ちを繰り返してどうするのだ。被告の頑なな姿勢に非難を浴びせる異端審問官。それに対し、バンディエル医師は断固反対を表明した。

仮に地獄というものが存在するなら、それは他者の労働によって支えられている王族などの権力者や聖職者のためであるべきだ。彼らこそ肉や血を摂るのをやめ、他の動物と同様に草を食むべきだと被告は主張する。自分はそれらの理由に鑑《かんが》み、クリスティナの名を冠した修道会を創設するつもりだったと述べる。その修道会は医師のみによって構成される予定であり、アリストテレスの自然法に則り世界各地で治癒をおこなう。クリスティナ会の医師はみな、菜食主義を貫き、医療行為の報酬を一切受けとらぬ方針を打ちだしており……。

クリスティナ会の戒律をひととおり聞き終えた審問官らは、胸をなでおろし、神に感謝した。バンディエル医師が、当初彼らが心配していたような異端者でもなければアリストテレス派でもも離教者でもなく、単なる《正気を失った愚者》にすぎないと判明したためだ。医者が無償で治療をし、菜食を徹底するなど、《異端というよりも、むしろ愚かな提案以外の何ものでもない》。

†1　ミサに用いられる無発酵のパン。

16 神《アンヘラ・デ・ディオス》の天使
露出癖女の誇り

聖ロサがリマの都に残した純然たる余韻は一七世紀末まで輝きを放った。やがてさらなる天の栄光を称えるべく、偉大な神のしもべとなる女性が出現した。名をアンヘラ・カランサというが、その栄光ゆえにか、人々は彼女をアンヘラ・デ・ディオス（神の天使）と呼び、ほかにも《父なる神の娘、神の子の母、聖霊の妻、三位一体の聖櫃》の異名をとっていた。そんな彼女が一六九四年、《秘密裏にまたは公然と悪魔との契約を交わした》罪で裁かれ、異端審問判決式《アウトダフェ》で《悔悟服《サンベニート》を身にまとい、首縄をかけられ、緑色のろうそくを手に》行列させられている。彼女への有罪判決は、同時にペルー副王領内で繁栄を遂げていた商売のひとつをも終焉させる。これを機にリマやクスコ、アレキパ、トゥルヒーリョ、ポトシ、コルドバといった主要都市で売られていた品々の回収が命じられたためだ。異端審問所が禁じたのは《崇拝の対象として市場に出回っていた彼女にまつわる物品、肖像を刻んだメダル、護符、ハンカチ、彼女の血がにじんだ包帯、歯、爪など》である。

慈悲深くも狡猾な異端審問官らを欺くのは容易でない。ましてや異端者とされる女性となればなおさらだ。服をはぎ取り全裸にした被告人を拷問台に横たえた老練な聖職者たちが、そのときの様子を証言している。《女の体を見る限り、とても禁欲生活を送っているとは思えない。普通は青白く痩せて貧弱なものだが、被告は肉づきもよく豊満な体をしている》。

アンヘラ・デ・ディオスの豊満な体については、リマの男たちのあいだでもよく知られていた。

……原罪を犯して楽園を追われる以前のエバのように、彼女は衣服を脱いだ状態でうろついていた。目撃者のなかにはその光景に仰天する者もいれば、慌てて裸体を覆い隠してやる者もいた。水浴びするにも町はずれの灌漑用水路やため池など、人通りのある場で全裸になっておこなう。居合わせた使用人の男たちに構うことなく、住宅地の貯水池で裸で水浴びしている姿も目撃されている。敬虔な信者として知られる彼女が、そのようにふるまうことに違和感を覚える者もいた。ほかにも一緒に公衆浴場に行った女性が、被告が恥じらいもなく露骨に裸を見せつけるので注意したところ、彼女は《男たちがそんな時間に歩いたりのぞいたりしているほうが悪い》と反論したという。被告が述べた最悪の口実は、日に何度も水浴びをする理由を問われたときのものだ。あろうことか彼女は、神への多大な愛ゆえに、つねに体が燃えあがっているためだと……。

高潔すぎるアンヘラ・デ・ディオスの肉体。それはまさしく疲弊した巡礼者たちに、自分の身で慰めと安らぎを与えつづけたエジプトの聖マリアと同じものだった。だからこそ彼女は臆面もなく――異端審問所の書記が記したとおり――《厚みのある太腿》や《はちきれんばかりの尻》、《たわわな乳房》を隣人たちにもさらしていたのだろう。エジプトの聖マリアは海賊や山賊、追いはぎといったならず者たちとの淫行の末に、高邁な精神へと導かれたのではなかったか？『黄金伝説』に登場する信仰心に満ちた隠修女たちは、肉欲を取り除き、苦行や断食に明け暮れ、痩せた体を男たちに差しだし、彼らの欲を満たしたことで神を喜ばせたのではなかったか？だとすると、アンヘラ・デ・ディオスが通りでスカートをまくりあげ、魅力的な尻をさらして堂々と放尿することにも、何らかの意義があったはずだ。

……被告の証言によると、外で排尿していたところ（日ごろからそのようであったと供述しているのを見ると、とても敬虔な白人女性とは思えぬ慎みのなさであるが）地面に穴が開き、小水が地獄の中心まで達した。地獄にいた悪魔たちは降り注ぐ小水の雨に右往左往した。悪魔らにとってそれは、撒布される聖水に身を焦がされる状態に等しかったとのことだ。この女性信者の小水はそれほどまでに威力を持っていたと……。

供述内容を見る限り、アンヘラ・デ・ディオスが真っ向から悪魔と対決した事実はない。一度だけルシファーの片脚を折ったことはあるらしいが、ほとんどの場合、悪魔との議論に終始しているのが特徴だ。なかには神による処女懐胎を論じた場面もあって、哲学者顔負けの論争を展開している。また《俺に宿った恨みを取り除いてくれ。そうしたら聖アナや聖母マリアの知られざる秘密をあんたに教えてもいい、と悪魔に懇願され、彼女が取り除いてやったところ、それは蛇と毒液となって出てきた》という。真偽のほどは定かではないが、異端審問官たちに疑念を抱かせるには十分だったようだ。彼女がどのような手段で悪魔から恨みの念を取り除いたかについては、ある男性が本人から聞いた話を証言している。《とても聖女とは思えぬ恥じらいのなさで語るには、悪魔の股間をまさぐり、口にするのも憚られる行為の末、害毒を外に放出したと》。

そんなアンヘラ・デ・ディオスのある種情熱的な気質を、主イエス・キリストは理解していた。

《彼女がイエスに歩み寄り軽くつねると、イエスは痛《いてて》とおどけてみせた》。神の子と敬虔なリマ女性とのあいだでなされるたわむれは常態化していたらしい。あるときなどは《美しい青年の姿で現れたイエス・キリストが、彼女を両腕に抱いて口づけをしようとしたが、彼女が拒んだのを見ると実に温和な様子で、接吻がだめなら愛の言葉をささやくしかなさそうだ、と応じた》。

グアッツォ師の著作『魔女の概説』（一六〇八年）では、一章分を夢魔やそれにともなう肉欲、取引についての説明に割《さ》いている。そこでは、サタンは夢のなかで魔女と性交するために、しばしば男や忌まわしい獣の姿で現れると記されている。《肉づきもよく豊満な体をしている》アンヘラ・デ・ディオスは、夢魔と交わった罪で起訴され、何百回もの鞭打ちを受けた。異端審問官らがその様子を嬉々として見守っていたのは言うまでもない。

……あるとき知人が、肉欲に駆られることがあると嘆いたところ、被告は自分も同じだと言い、次のように答えた。よく睡眠中に素敵な男性が現れ、夢のなかでたわむれることがある。ある晩などは自分が悪魔に妊娠させられ、子を生む夢を見た。生まれたのは数匹の子犬。それを見た地獄の産婆が、おやおや、人間の子どもではなく小犬とは、と告げ……。

神のしもべたる彼女は、公衆の面前で恥部をさらしたり、神からの恩恵を語ったりすべきではなかったし、まして自分が見た夢の内容など絶対に口にすべきではなかった。そこまでしなくても、神の奇跡は十分すぎるほどに、善良な男たちを癒していたのだから。

17 マザー・ルシアの聖なる御足

光の世紀のフェティシズム

ヤンセン主義者やフリーメーソン、不信心者や放蕩者、無神論者や自由主義者、哲学者や同性愛者がはびこる時代に、神はその無限の叡智でリマの都に偉大な女性をもたらした。彼女の名は聖霊のマザー・ルシアことアントニア・ルシア・デル・エスピリトゥ・サント、奇跡を呼ぶ紫色のキリスト像とトゥロン[†1]で知られるナザレ修道院の創設者である。

将来を見通せる全知全能の主は、マザー・ルシアに幸福な幼少期を与えなかった。それはひとえに、未来の偉人に自分の内面を見つめさせ、強固な信仰心を備えさせるためだった。そのため

†1　アーモンド、クルミ、糖蜜などで作るクリスマス用の菓子。

神のしもべたるルシアは、幼いころから数々の逆境にさらされたが、祈りと観想を糧に苦難を乗り越えていく。幸い母親は信心深い人物で、けなげな娘に協力的であった。世の母親がみなそうであるように、《器量のよい娘の行く末を案じ、適齢期になると港町カジャオに住む貧しくも誠実な郷士《イダルゴ》†2との縁談を進めた》。

のちにマザー・ルシアとなる娘は結婚に際し、夫アロンソ・キンタニージャに従順な姿勢を示すが、心の底では密かに神に身を捧げる誓いを立てていた。当然ながら彼女の貞潔の誓いが危機にさらされる。

……結婚式を終えた晩、ともにベッドに横たわったところ、夫アロンソ・キンタニージャの身に異変が起こった。不可解なほどに大きな信仰心が彼を満たし、戸惑った男は何もできずに朝を迎え、仕事に出かけた。翌晩も妻を求めようとすると同じことが起こる。三日目、四日目も同様だ。毎晩続くことから神の采配だと考えざるをえなくなり、五日目の晩、アロンソは二人の枕のあいだにキリスト像を置いて、静かに告げた。《アントニア、彼が君の夫だ》と……。

アロンソ・キンタニージャの純真な信仰心はつねに保たれていたわけではない。ある晩、ナザレ修道院創設への道のりが危機にさらされた。

……彼女が眠っているあいだ、アロンソが妻の片足に見入っていた。夫はひざまずくと彼女の足をつかみ口づけする。マザー・ルシアはその行為を前に、どう反応してよいかわからず涙に暮れた。そこで同情にさいなまれながら母親に相談を……。

娘にとってたったひとりのよき理解者である母親は言う。毎晩そのようなかたちでアロンソ・キンタニージャの情欲がなだめられるのなら、それはそれで願ってもないことだ。おまえの貞潔も、清い信仰心も、嫁入りの際に彼が納めた持参金も保たれるのだから。その後もアントニア・ルシア・デル・エスピリトゥ・サントは、何年間にもわたり苦悩と誘惑、悪魔との戦い、夫の不可解な行為との戦いを強いられた。そんなある日、アロンソ・キンタニージャが乗っていた船が沈没し、彼は帰らぬ人となる。敬虔な女性ルシアは貞潔のまま未亡人となり、修道院を建設した。夫への忠誠と喪に服す意味も込めて、アロンソが愛した足を人目にさらすことなく、修道生活を

†2　中世から近世初頭にかけてのスペインで、貴族と平民のあいだに位置した階級。

送る。聖女のような生涯を全うした彼女は、一七〇九年、多くの人々に見守られながら、処女のまま殉教者として天に召された。

多くの者がナザレ修道院に足を運び、神のしもべとして生きた女性の御足に口づけをする。また、夫だったアロンソ・キンタニージャの心を慰め、彼の魂をも祝福しようと、上は副王から下は貧民までが教会に集結し、故人たちを偲んだ。その日は栄光を称える鐘の音が鳴りつづけていたという。

まことに神の敷く道は計り知れない。

解説

‡1　武装した亡霊

フランシスコ・デ・ラ・クルスは、スペイン・ハエンのオリーブ畑が広がる町ロペラの出身。アルカラ・デ・エナーレスで芸術を、バリャドリッドで神学を学ぶ。一五六一年、ドミニコ会の管区長・巡察使だったドミンゴ・デ・サント・トマスに同行してペルーに渡る。首都リマでは修練士たちの教師、チャルカス修道院長、サン・マルコス大学教授、のちに同大学の学長も務める。悪魔にそそのかされての逸脱さえなければ、大司教になっていたに違いない。

マリア・ピサロは一五五〇年リマ生まれのクリオーリャ。この時代の女性のほとんどがそうだったように、彼女も非識字者だった。フランシスコ・デ・ラ・クルス修道士によれば《無節操で不誠実、反抗的かつ愚鈍で嘘つき、癇癪持ちの性悪女》とのことだ。

裁判記録の出典は、マドリード国立歴史古文書館所蔵の異端審問史料、書類番号一六四七／一『カトリック両王の都リマ異端審問所の秘密監獄で死亡した女、マリア・ピサロの裁判記録』。

この裁判はスペイン本国および植民地で大きな波紋を呼んだ。調査を担当した者のなかには、ドミニコ会神学者デ・ラ・クルスの処刑はラス・カサス師の支持者に対する見せしめではないかと疑う向きも多い。いずれにせよ、教養高いフランシスコ・デ・ラ・クルス修道士をはじめ、他の四名までもが《悪魔に憑かれた》マリア・ピサロと彼女の仲間に誘惑されたのは不可解だ。セックスには理屈では説明のつかない道理が存在し、それゆえに判断力が鈍ることもある、と今一度指摘しておく。

フランシスコ・デ・ラ・クルスの事件が初めて取りあげられたのは、一六〇七年にバリャドリッドで印刷されたレアンドロ・デ・グラナダ師の名著『世界の創造以来、預言者やその友らの魂、自然や聖書に神がいかに素晴らしき光を注いできたか』だが、裁判記録はさまざまな著者によって解説されている。リカルド・パルマ著『リマ異端審問の記録』（マドリード、一九一〇年）、トリビオ・メディナ著『リマ異端審問所の歴史』（サンティアゴ、一九五六年）、アルバロ・ウエルガ著『照明派の歴史　第三巻』（マドリード、一九八六年）など。とりわけマルセル・バタイジョン著『バルトロメ・デ・ラス・カサスに関する研究』（バルセロナ、一九七六年）とパウリーノ・カスタニェーダ／ピラール・エルナンデス著『リマの異端審問（一五七〇 - 一六三五）　第一巻』（マドリード、一九八九年）は近年出色の研究書だ。

‡2 ご婦人がたの聴罪司祭

ルイス・ロペスはスペイン・エステパ出身。一五六四年、イエズス会に入った時には、芸術の教師で神学も修めていた。一五六八年、最初にペルーに渡ったイエズス会士のひとりである彼は、クスコで学長を務めるまでになる。ロペスはみずから犯した痴情沙汰については、当初からその過ちを認めている。異端審問所が（精神分析学ではないが）リビドーを抑えられぬことを承知していたからだ。もっともこれについては、異端の罪で起訴されかねないと判断したルイス・ロペスが、女を誘惑した罪に切り替えることにしたのも大きな理由だ。それによって彼は、なまめかしいご婦人がたの一団から色欲の罪で訴えられると同時に、他方からは異端や冒瀆行為でも訴えられる。判決はスペインへの永久追放、イエズス会学校での禁固四年、一〇年間の説教禁止、三ヵ月のミサ執行禁止、女性信者の告解の永久禁止、男性信者の告解は四年間禁止となった。ニエブラ伯爵領トリゲロスにある学校に幽閉されたのち、一五九九年七月一〇日、セビリアにて死亡。現地の修道女らが彼の喪に服したと噂されている。

出典は、裁判記録がマドリード国立歴史古文書館所蔵の異端審問史料、彼の波乱の人生については『ペルーにおける不滅の記録　第四巻』（イエズス会刊、ローマ、一九六六年）。

‡ 3　阻まれた悪魔への祈り

アントニオ・デ・リベラはペルー・アレキパ生まれ。山岳地域の女性に惹かれる情熱的な青年ゆえに陥った不幸とも言える。一五九二年の異端審問判決式《アウトダフェ》で行列、贖罪のための苦行を科され、煉獄をさまよう者たちのための四つのミサを唱えさせられる。トレドの異端審問最高会議は、彼が《悪魔を召喚する呪文を唱えたのは確実で、その後、悪魔と契約を交わした疑いもぬぐえない》と判断している。

裁判記録の出典は、マドリード国立歴史古文書館所蔵の異端審問史料。

‡ 4　インカでなければ黒人で

他の色欲の罪と違い、男色はスペイン王国の教会・世俗双方が徹底的に迫害している。聖パウロが《神の国を相続することはできない》(「コリント人への手紙　1」六章九‐一一節)と述べているためだろう。

男色の罪に関する事例は無数にあったが、本歴史絵巻には、黒人アンドレス・クピの逸話を選んだ。出典はセビリアにあるインディアス総合古文書館所蔵のインディアス諮問会議史料『一五九〇年、リマ王立聴訴院《アウディエンシア》の監獄に収容された黒人たちの男色の罪に関する報告書』。

‡ 5　空飛ぶイネス

『インディアスへと旅立った乗客の名簿　第七巻』(セビリア、一九八六年)によると、イネス・ベラスコはスペイン・セビリアで父アロンソ・デ・パディージャ、母マリア・デ・ラ・オーのあいだに生まれ、一五九八年、フアン・ガルシア・デ・アセドの使用人としてペルーに渡ったと記されている。〝空飛ぶ女〟の異名をとった哀れな狂人については、リカルド・パルマ著『リマ異端審問の記録』でも触れられている。彼女に対する裁判については、彼女が綴った数々の書物、とりわけ神秘体験や祈り、宮廷の恋愛物語などを考えても、類まれな知性と世界観を備えていたであろうことから、再考の余地があるように思われる。

裁判記録の出典は、マドリード国立歴史古文書館所蔵の異端審問史料。

‡ 6 悪魔たちの仕置き人シスター

修道女や聖女といった者たちが、悪魔との死闘を演じた事実は広く知られているが、シスター・イネス・デ・ウビタルテのような事例は実にまれだ。マドリード国立歴史古文書館所蔵の異端審問史料には、彼女が悪魔と契約を結んだ罪、背教罪、夢魔と交わった罪で起訴されたと記載されている。それによると一六二九年ごろに異端審問所内の監獄に収容され、数ヵ月後に出所している。フアン・アントニオ・スアルドの著作『リマ日誌（一六二九‐一六三九）』によれば、出所したばかりの彼女の前に黒い馬車が停まり、エンカルナシオン修道院へと向かった。あとには硫黄の臭いだけが残されたという。

‡ 7　高徳の誉れ

クリストバル・パン・イ・アグアは、スペイン・コルドバ出身の修道士で、地元の誇りだったという。のちに聖人となるフランシスコ・ソラーノと知り合い、友好を深め、一五八八年、ともに新大陸インディアス行きの船に乗った。一六二八年、ソラーノがリマで死去したあとは、彼の列聖手続きの重要な証人のひとりとなった。その時点でパン・イ・アグア修道士は六五歳を超えていた。従来ならば、パン・イ・アグア修道士も死後、列聖されても不思議ではなかったが、ウルバヌス八世の小勅書によって一六三四年以降、故人の身体に奇跡のしるしが残ることが、必ずしも列聖の決め手にはならなくなった。

修道士の遺体は、埋葬から五年後に掘り起こされたが、ラス・デスカルサス・デ・サン・ホセ女子修道院の修道女たちは《口にするのも恥ずかしいモノ》を聖遺物として持ち帰ったとのことだ。

パン・イ・アグア修道士の列福列聖請願に関してはローマにあるフランシスコ会所蔵の史料に、聖フランシスコ・ソラーノに関する同修道士の証言はバチカン機密文書館所蔵の史料に、それぞれ記載されている。

‡ 8　純潔を繕い、男の精液を集める女

異端審問官たちの調書によると、アナ・マリア・ペレスは《ペルー副王領クエンカ出身のムラータであ

り、みずからをにせ預言者、母親の胎内にいるときから聖女だったと称し、また息子も聖人で預言者だと吹聴したうえで、天国・煉獄・地獄を幻視したとの狂言を吐き、偽りの啓示、恍惚、陶酔を装い、男女の結婚をも仕切った》とされている。彼女の作る煮込み料理は、当時巷にはびこっていたまずい食事とは比較にならぬほど絶品だったようだ。仮に異端審問官たちが主張するように、悪魔が彼女にその料理の作り方を伝授したのだとすれば、ペルー名物アヒ・デ・ガジーナ[†1]などは、悪魔の産物以外の何ものでもなくなる。告解室で集めた男たちの精液だって、もしかすると甘ったるいスピロ・リメーニョ[†2]の材料に使われたのかもしれないのだ。いずれにせよ彼女の供述から、すでにその時点で、ロコトやアヒ[†3]といったアンデス産の香辛料がリマでも使用されていたことがうかがえる。

裁判記録の出典は、マドリード国立歴史古文書館所蔵の異端審問史料。

†1　鶏の唐辛子煮込み。
†2　「リマのため息」の意。煮詰めたコンデンスミルクにメレンゲを載せた伝統菓子。
†3　「ロコト」は大型の唐辛子、「アヒ」はチリ唐辛子。

‡ 9　不道徳な夢想家

フアン・イグナシオ・デ・アティエンサはスペイン・セビリア生まれであり、五歳のときから地元のビルヘン・デ・ロス・レイエス礼拝堂でミサの侍者をしていたという。祖先はロンダの名家らしい。リマでは聖職者の恰好で、コンセプシオン教会の慈善団体の集金係をしていた。本物の神父だった彼の兄弟が、神聖な自分の服を勝手に使われたことに腹を立て、フアンをサン・アンドレス病院に入れた。精神病院で暮らしていた際、ある痴呆症患者が集金人のフアンを〃フェリペ四世のご子息〃と称して以来、その噂が広まったが、当初本人は気にも留めていなかった。しかし痴呆患者の執拗な口ぶりに根負けし、やがてそのようにふるまうに至った。事態を知った病院の聴罪司祭フランシスコ・プルガリンが異端審問所に密告。フアンが《聖書を片手に、いずれ自分はスペイン王国を統括して、教皇の座に就く身である、と語っていた》と証言している。調書には、プルガリンもサン・アンドレス病院の患者だったかどうかまでは記されていないが、被告が夜ごとの自慰行為で手にしていたものが聖書でなかったことだけはたしかだ。一六六九年に裁判は打ち切られたが、異端審問所はその後数年間フアン・イグナシオ・デ・アティエンサの動向を追跡調査し、《他の狂人同様、ビレッタ帽と奇妙な服装で徘徊している》と記すにとどめている。

裁判記録の出典は、マドリード国立歴史古文書館所蔵の異端審問史料。

‡

10　すべての女性に囲まれた者は幸いであった

セサル・パサニ・ベンティヴォリはイタリア・モデナ生まれ。洗礼名はヤコブ。ボローニャのカルメル会修練院に入った後、ヨーロッパ各地を旅した男は、《トルコで強制的に結婚させられた》とも証言する。

ペルーへの航海中、サンタ・マルタ沖でイギリス船に捕らえられ、副王領ヌエバ・グラナダの海岸で降ろされる。プーノの地に居を定めるまでに、キト、リマ、ラ・パスをさまよったが、すべては《自分を敵視するカルメル会士に見つかる恐れがあった》からだという。本章に出てくるボッカチオの著作はトレント公会議にて禁じられたが、一五七三年にピウス五世が、メディチ家の当主コジモ一世のために特別に印刷を認めた。セサル・パサニが押収されたのはフィレンツェ版だ。セサル・パサニ・ベンティヴォリは一六六八年二月ごろスペイン・セビリアに到着し、そこで裁かれ、死刑判決を受けている。何度も不服の申し立てをしていたが、トリアナの監獄で死亡。一六八六年六月六日、悪魔との契約からちょうど二〇年後のことだ。

裁判記録の出典は、マドリード国立歴史古文書館所蔵の異端審問史料。

‡ 11 リマ生まれのエバ

二六歳のクアルテロナの平修女、アンヘラ・デ・オリビトス・イ・エスキベルは〝キリストの天使〟の異名で知られていた。リマの修練院で暮らしていたが、ある日そこを訪れた老いたトルコ人の物乞いの男と一緒に出ていったまま戻ることはなかった。《神のしもべである彼女の高徳を信頼した》ある夫婦の家に住み込むものの、のちに家主ともめて放り出される。既婚男性を魅了する自分の資質を自覚し、リマの崩壊を予言した。《アダムとエバのごとく彼女と結ばれ、新世代の人類を産む》ことでのみ、聖都の崩壊を阻止できると告げた。一六九三年の異端審問判決式《アウトダフェ》で行列させられ、五年間の隠遁生活を強いられた。

裁判記録の出典は、マドリード国立古文書館所蔵の異端審問史料。

‡ 12　神から逃げた男

偉大なる脱出王ハリー・フーディーニの先駆者、フランシスコ・ロペス・ランサスは、《鍵を百個つけて閉じこめても逃亡するその能力で》同時代の者たちを驚愕させた。一六六九年の記録によると、《スペイン王国から見れば、ペルー副王領は逃亡者にとって格好の隠れ家、砦であったにもかかわらず、なぜロペス・ランサスが逃げつづけていたのか理解に苦しむ》と異端審問官らが認めている。彼の何世紀ものちに、自国の現状を嘆く現代のペルー国民が、ペルーは〝弓から放たれた矢のごとく〟去るべき国であると悟ることになる。その意味でも彼は、われわれの先駆けだったかもしれない。

裁判記録の出典は、マドリード国立歴史古文書館所蔵の異端審問史料。

‡ 13　神の集金係

イタリア・ナポリ出身の修道士アントニオ・デ・サン・ヘルマンは、犯罪組織カモッラが出現するよりもはるか昔に、あの世にいる故人の救済を武器にしてリマの住人相手にゆすりを実践していたことになる。彼の際立った商才には、リマに暮らす異端審問官ばかりか商人、王室の役人までもが脱帽した。《あの男並みの才があったら、銀行家フアン・デ・クエバは破産しなかったに違いない》とささやく者までいたという。アレキパの修道院に一〇年幽閉の判決を受けると同時に、毎月一回聖体拝領前に二〇回の鞭打ちに処され、十分の一税を受け取る権利を永久に剝奪された。

裁判記録の出典は、マドリード国立歴史古文書館所蔵の異端審問史料。

‡

14　平常服の耐えがたい悦び

マティアス・アイマル・デ・モラレスはリマ生まれのラバ・馬追い人。異端審問所で裁判にかけられた時点で三〇歳だった彼には、ペルー副王領各地に五人の妻がいた。彼が神父の恰好をしたのは、《己の性欲を満たすため》であっただけで、神聖な秘跡を冒瀆する意図はなかった点は審問官らも評価している。女性を口説くために神父のふりをした彼は、鞭打ち二〇〇回、チリにて禁固一〇年、司祭らが暮らす病院での永久幽閉に処された。重婚や聖職者へのなりすましで裁かれたにしてはあまりに重い判決だ。神父らの妬みの犠牲となった初の罪人とも言える。

裁判記録の出典は、マドリード国立歴史古文書館所蔵の異端審問史料。

‡

15　アリストテレスの裁判

ニコラス・レグラス・バンディエルはドイツ・ニーダーザクセン出身の医師。セザル・バンディエルとも呼ばれる。ランス大学で修辞学と韻文学、パリ大学で芸術と哲学、ソルボンヌ大学で神学の修士課程を修めている。ギリシャ語・ラテン語・フランス語・イタリア語・スペイン語を操り、《プラハ、ウィーン、ワルシャワ、モスクワ、コペンハーゲン、ハーグ、アムステルダム、アレクサンドリア、エフェソス、フェズ、アルジェ、チュニス、ダマスカス、メッカ、北アフリカ、メソポタミア、ゴア、コーチシナ、セイロン、スマトラ、フィリピン、ペルシャの国々》など世界各地を旅した。イエズス会士らに感銘を受け、また、彼の学位がサン・マルコス大学でも通用するとラダ神父に促され、新大陸インディアスに渡る。リマに向かう途中、ペルー北部パイタ港にてサンティステバン副王の痔を治療したことがきっかけで、副王の侍医、司書、子息の教師に任命された。リマ異端審問所に逮捕された時は六六歳だった。カルヴァン派やルター派の信者から《悪魔の力を借りて治療している》と告発されたが、バンディエルは容疑を否認、《リマの嫉妬深い医師たちの策略だ》と述べている。ほかにも《一流の薬剤師並みに第五元素を抽出できる》と自慢し、さまざまな言語で執筆した論文は《一見悪魔との契約のように映るが、実際にはその性質の内容ではない》と主張している。拷問の末、自身の学位を汚した罪で有罪判決を受け、一六六七年の異端審問判決式《アウトダフェ》で悔悟者として行列させられている。

裁判記録の出典は、マドリード国立歴史古文書館所蔵の異端審問史料。

‡ 16 神の天使

アンヘラ・カランサは一六三四年トゥクマン生まれ。一六六五年ごろリマに居を定め、一六七三年以降は敬虔な信者として暮らしていた。『ドン・キホーテ』の愛読者ではあったが、実際には騎士道物語に熱を入れていたわけではなく、むしろ聖女たちの伝記に強い関心を示していた。もっとも、風車に突進したアロンソ・キハーノと同様、無謀な行為に及んだことは否定できない。

裁判記録はマドリード国立歴史古文書館所蔵の異端審問史料のほか、一六九四年にリマで印刷された、異端審問所裁判検事ホセ・デル・オジョ編集の『一六九四年一二月二〇日リマ市にておこなわれた異端審問判決式《アウト・ダ・フェ》全記録』より引用。

当事件は一七三六年出版のベルムデス・デ・ラ・トーレの著作や一八四三年発行の『エル・マパ』紙などに注釈つきで取りあげられているが、一九世紀半ばにオドリオソラ将軍が、オジョの『全記録』からアンヘラ・カランサの箇所を引用し、大著『文学資料集』(全一一巻)の第七巻(リマ、一八七五年)に収めている。

また、詳細情報はマドリード国立図書館所蔵の写本四三八一番で確認できる。

‡

17　マザー・ルシアの聖なる御足

引用個所の出典は、ホセファ・デ・ラ・プロビデンシアの著作『リマ市ナザレ修道院創設の歩み』（リマ、一七九三年）に記された「マザー・アントニア・ルシア・デル・エスピリトゥ・サントの高徳と生涯」である。

おお、これら諸々の裁きに栄光あれ。

エピローグ

今から一三年前に、初めて『ペルーの異端審問』が出版されて以来、僕が扱う裁判記録や囚人の数も年を追うごとに増えていった。[†1] そのため今回パヒナ・デ・エスプマ社から出版される本書は、決定版だと言える。過去に出たもの以上に現代的な装いをしながらも、植民地時代の古めかしい雰囲気を極力損なわぬよう努めたつもりだ。

正直なところ、本書に登場する常軌を逸した主人公や、その類まれなる人生を綴った調書を読

†1　本書を含め、これまでに四つの版（一九九四年、九六年、九七年、二〇〇七年）が刊行されている。各版については巻末の「奥書」参照。

み返すたび、僕は悲しみを禁じえない。彼らの不幸はテレビの時代ではなく、異端審問の嵐が吹く時代に生まれたことにある。もし今の時代に生まれていたら、拷問を受け、異端審問判決式《アウトダフェ》でさらしものになる代わりに、有名人としてインタビューに応じ、世界じゅうから講演依頼が殺到し、自身の神秘体験を語ることで生計を立てられたかもしれないのに。それほどまでに僕らが暮らす二一世紀は、不信心が横行し、物質主義や技術革新にまみれた半ば異常な社会だとも言えよう。

本書に収められた裁判記録の大半は博士論文用に集めたものだが、歴史的・学術的価値が低いと判断し、結局、日の目を見なかった。その後も僕の見解は変わらなかったが、せめて文学的な読み物として楽しめるかたちで発表できないかと、思い立った次第である。

二〇〇七年夏、サン・ホセ・デ・ラ・リンコナーダにて

フェルナンド・イワサキ・カウティ

奥書

一九九四年、パディージャ・リブロス社（セビリア）

キリスト紀元（西暦）一九九四年三月三日印刷。

この日は聖クニグンデの祝日だ。クニグンデは神聖ローマ皇帝ハインリヒ二世の皇后で、夫との合意で貞潔を保ちつづけた。数々の慈善行為を称えられ、聖女のごとく生涯を終えたが、死後もなお多くの奇跡のなかで威光を放ったと言われている。

一九九六年、ペイサ社（リマ）

キリスト紀元一九九六年一一月一一日、コロンビア・ボゴタ市にて印刷。この日は聖テオドーラの祝日だ。姦淫の罪を犯した悔悟者として知られる彼女は、髪を短く切って男の恰好をし、修道士として隠遁生活を送った。高徳の誉れとともに死去した際、彼女の体に聖油を塗った修道士たちが喜んだであろうことは想像に難くない。

一九九七年、レナシミエント社（セビリア）

キリスト紀元一九九七年四月二〇日、セビリア市にて印刷。この日は聖イネス・デ・モンテプルシアノの祝日だ。聖霊から啓示を受け、巡礼者たちへの情けを与えるべく修道院の創設を望んだ彼女は、売春周旋の館に乗り込み、高級娼婦たちを改心させ修道女にした。すべては主イエス・キリストの幸福と、巡礼者たちの憩いを願ってのことだ。

二〇〇七年、パヒナ・デ・エスプマ社（マドリード）

キリスト紀元二〇〇七年八月二七日、マドリード市ビジャにて印刷。この日は聖モニカの祝日だ。彼女は純潔を貫いたわけでも、殉教者でも、神秘家でも、悔悟者でもないが、ありあまるほどの優しさと愛情、忍耐と献身ぶりで、息子のアウグスティヌスの罪深き放蕩に満ちた人生を償った。のちに息子が聖人、教会博士になっているのが何よりの証と言えよう。彼女が聖女になるまで、ヒッポの司教には母親の亡霊がつきまとっていた話はよく知られている。その後、聖アウグスティヌスが安らかに眠ったのは言うまでもない。

神に栄光あれ。

著者紹介

フェルナンド・イワサキ（Fernando Iwasaki）

1961年ペルー・リマ生まれの作家・歴史家・文献学者・評論家。小説・短編・エッセイ・歴史書など著書多数。1989年よりスペイン・セビリアに在住。1996年から2010年まで文芸誌『レナシミエント』の編集長を務める。これまでにスペインの『エル・パイス』紙,『ABC』紙,『ラ・ラソン』紙，チリの『メルクリオ』紙，メキシコの『ミレニオ』紙ほか，スペイン語圏の有力紙に寄稿。1987年アルベルト・ウジョア・エッセイ賞を皮切りに，数々の文学賞を受賞している。2015年にはチリの『メルクリオ紙』に寄稿した記事が高く評価され，スペインのドン・キホーテ・ジャーナリズム賞を授与された。近年，スペイン国内はもとより，ヨーロッパ・中南米諸国での講演・講義の依頼が増えている。クリスティーナ・ヘエレン財団フラメンコ芸術学校（セビリア）校長，スペイン・ホラー作家協会名誉会員でもある。

【主な著作】

『Inquisiciones pervanas（ペルーの異端審問）』（本書），『Ajuar funerario（葬式道具）』，『Libro de mal amor（悪しき愛の書）』，『Helarte de amar（愛ゆえにあなたは凍る）』，『Neguijón（虫歯の虫，ネギホン）』

訳者紹介

八重樫克彦（やえがし　かつひこ）　**八重樫由貴子**（やえがし　ゆきこ）

翻訳家。バルガス・リョサ著『チボの狂宴』『悪い娘の悪戯』，カルロス・フエンテス著『誕生日』（以上，作品社），フアン・アリアス著『パウロ・コエーリョ　巡礼者の告白』，ホセ・ルイス・カバッサ著『カンタ・エン・エスパニョール！』（以上，新評論），ハビエル・シエラ著『失われた天使』『プラド美術館の師』（以上，ナチュラルスピリット）ほか訳書多数。

ペルーの異端審問

2016年7月31日　　初版第1刷発行

訳　者　八重樫克彦
　　　　八重樫由貴子

発行者　武市一幸

発行所　株式会社　新評論

〒169-0051　東京都新宿区西早稲田3-16-28
http://www.shinhyoron.co.jp
電話　03（3202）7391
FAX　03（3202）5832
振替　00160-1-113487

定価はカバーに表示してあります
落丁・乱丁本はお取り替えします

装丁　山田英春
印刷　神谷印刷
製本　松岳社

ISBN978-4-7948-1044-1
Printed in Japan

好評既刊

フアン・アリアス／八重樫克彦・八重樫由貴子 訳

パウロ・コエーリョ 巡礼者の告白

ベストセラー『アルケミスト』で知られる世界的作家が，全幅の信頼を寄せる記者を相手に創作と人生の秘密を語り尽くす。

[四六上製　232 頁　2400 円　ISBN978-4-7948-0863-9]

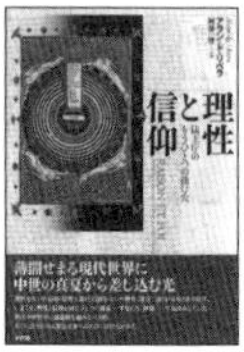

アラン・ド・リベラ／阿部一智 訳

理性と信仰　法王庁のもうひとつの抜け穴

考えることと信じることは重なりうるか。中世哲学史の泰斗が，西洋中世の知的遺産の中に現代の闇を照らす光を探りあてる。

[A5 上製　632 頁　7500 円　ISBN978-4-7948-0940-7]

ジャン・ドリュモー
佐野泰雄・江花輝昭・久保田勝一・江口　修・寺迫正廣 訳

罪と恐れ
西欧における罪責意識の歴史／十三世紀から十八世紀

キリスト教に根ざす「恐怖を作り出す文化」の集団的心性を，アナール派の巨星が圧倒的学殖で析出する。

[A5 上製　1200 頁　13000 円　ISBN4-7948-0646-9]

ジャン=リュック・ナンシー／メランベルジェ眞紀 訳

アドラシオン　キリスト教的西洋の脱構築

「外」「永遠」「無限」と私との関わりとは。単一の答えを求める近代的思考を凌駕し，社会的絆を再構築するための思索。

[四六上製　248 頁　2700 円　ISBN978-4-7948-0981-0]

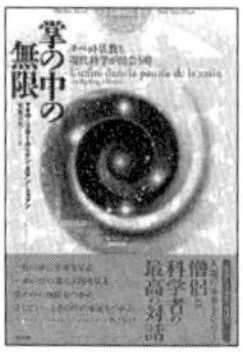

マチウ・リカール＋チン・スアン・トゥアン
菊地昌実 訳

掌の中の無限
チベット仏教と現代科学が出会う時

フランス人チベット仏教僧とベトナム出身の天体物理学者が，宇宙や人類の起源をめぐり交わす刺激に満ちた対話。

[A5 上製　418 頁　3800 円　ISBN4-7948-0611-6]

《表示価格：消費税抜き本体価》

好評既刊

加藤　薫

骸骨の聖母サンタ・ムエルテ

現代メキシコのスピリチュアル・アート

いまや信者数300万人超ともいわれるメキシコの精神現象を初めて詳説，そこに生成しつつある民衆芸術の息吹を活写。

［A5 並製　180 頁　2000 円　ISBN978-4-7948-0892-9］

ホセ・ルイス・カバッサ／八重樫克彦・八重樫由貴子 訳

カンタ・エン・エスパニョール！

現代イベロアメリカ音楽の綺羅星たち

アルゼンチンの名物記者が，卓越したインタビュー手腕で 22 人のスターたちの内奥に迫る，胸躍る音楽ルポルタージュ。

［A5 並製　216 頁　2200 円　ISBN978-4-7948-0917-9］

ロイス・ローリー／島津やよい 訳

ギヴァー　記憶を注ぐ者

少年ジョナスの住む町には，恐ろしい秘密があった――世界を震わせたニューベリー賞受賞作，待望の新訳。【同題映画原作】

［四六上製　256 頁　1500 円　ISBN978-4-7948-0826-4］

ロイス・ローリー／島津やよい 訳

ギャザリング・ブルー　青を蒐める者

母をなくし天涯孤独の身となった，脚の不自由な少女キラ。彼女を待ち受ける運命とは。《ギヴァー・シリーズ》第二弾。

［四六上製　272 頁　1500 円　ISBN978-4-7948-0930-8］

ロイス・ローリー／島津やよい 訳

メッセンジャー　緑の森の使者

相互扶助の平和な村で暮らす少年マティは，不思議な力の目覚めにとまどっていた…《ギヴァー・シリーズ》第三弾。

［四六上製　232 頁　1500 円　ISBN978-4-7948-0977-3］

《表示価格：消費税抜き本体価》

好評既刊

B.ジェントリー＋C.アマソン 編／田中浩司 訳

フラナリー・オコナーとの和やかな日々

オーラル・ヒストリー

「20 世紀最大の短編小説家」と呼ばれる夭折の作家。知人たちの回想からその素顔が鮮やかに浮かぶ。荒川洋治氏絶賛！

[四六並製　304 頁　3400 円　ISBN978-4-7948-0984-1]

サラ・ゴードン／田中浩司 訳

フラナリー・オコナーのジョージア

20 世紀最大の短編小説家を育んだ恵みの地

作品に充溢する「秘儀と習俗」の源泉はどこにあるのか。作家の故郷への旅を通して創作の原点に迫る，文学的旅のガイド。

[四六並製　224 頁　2400 円　ISBN978-4-7948-1011-3]

レーナ・クルーン／末延弘子 訳

ペレート・ムンドゥス　**ある物語**

現代フィンランド文学の旗手が，人類への警鐘を込めて描く世界の終末の姿。冨山多佳夫氏絶賛の珠玉の短編集（本邦初訳）。

[四六上製　288 頁　2500 円　ISBN4-7948-0672-8]

レーナ・クルーン／末延弘子 訳

蜜蜂の館　**群れの物語**

1900 年代初頭に建てられた「心の病の診療所」には，さまざまな人が訪れる…「存在すること」の意味を探求する傑作長編。

[四六上製　260 頁　2400 円　ISBN4-7948-0753-3]

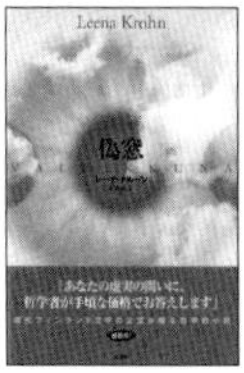

レーナ・クルーン／末延弘子 訳

偽窓

「あなたの虚実の問いに，哲学者が手ごろな価格でお答えします」――現代フィンランド文学の至宝による哲学的小説。

[四六上製　216 頁　1800 円　ISBN978-4-7948-0825-7]

《表示価格：消費税抜き本体価》